시즌2 이해력이 쑥쑥
교과서
속담
100

머리말

# 옛날부터 말로 전해 내려오는 짧은 구절인 속담. 왜 배워야 하는지 모르겠다고?

먼저, 속담은 간단하고 재미있게 복잡한 상황을 표현할 수 있어! 예를 들어 보자.

'고 녀석, 혼나고 집을 나갔다고? 뛰어야 벼룩이지! 무소식이 희소식이라고 기다려 보자.'

어떤 상황인지 알겠니? 맞아. 혼난 아이가 집을 뛰쳐나갔는데, 집 근처에 있을 테니 걱정 말고 일단 기다려 보는 상황이야. 세 문장으로도 간단하게 상황을 파악할 수 있지? 이게 속담이 갖는 힘이야.

그리고 속담은 삶의 지혜가 담겨 있는 경우가 많아. 비슷한 뜻의 속담들이 다른 나라들에도 있는 것을 보면, 만국 공통의 삶의 지혜가 담겨 있다는 것을 알 수 있지.

마지막으로 속담을 알면 어휘력과 문장 이해력이 향상될 수 있어.

'섶을 지고 불로 들어가려 한다.'라는 속담에서 '섶'은 무엇을 뜻하는 말인지 생각해 보렴. 섶은 잔가지와 같은 땔나무를 말해. 속담의 다양한 뜻을 이해할수록 어려운 단어들도 많이 알 수 있을 거야.

이번엔 다음 두 가지 속담의 뜻을 추측해 보자.

❶ 쥐도 도망갈 구멍을 보고 쫓는다.

❷ 쥐도 도망갈 구멍이 있어야 산다.

❶번 속담은 '궁지에 빠진 사람을 막다른 지경에 몰아넣지 말아야 한다.' 그리고 ❷번 속담은 '만일을 생각하고 대비해야 한다.'라는 뜻이야. 비슷해 보이지만 전혀 다른 뜻으로 사용하지. 그리고, 이 속담을 이미 알고 있었다면 글을 읽을 때 보다 빠르게 이해할 수 있겠지?

'씨를 뿌리면 거두게 마련이다'라는 말이 있지 않니? 씨를 뿌리면 열매가 나기 마련이지. 일한 보람이나 결과는 꼭 나타나게 된다는 말이야. 이처럼 우리 친구들이 〈이해력이 쑥쑥 교과서 속담 100〉의 이야기를 모두 읽고 나면 여러 가지 속담을 잘 이해하여 멋지게 사용할 수 있게 될 거야.

# 차례

머리말 • 나

1. 가랑잎이 솔잎더러 바스락거린다고 한다 • 12

2. 가루는 칠수록 고와지고 말은 할수록 거칠어진다 • 1나

3. 가물에 콩 나듯 한다 • 16

4. 가재는 게 편이요, 초록은 동색이라 • 18

5. 같은 값이면 다홍치마 • 20

6. 개똥도 약에 쓰려면 없다 • 22

7. 개 발에 편자 • 2나

8. 개밥에 도토리 • 26

9. 개천에서 용 난다 • 28

10. 걷기도 전에 뛰려고 한다 • 30

11. 고기도 먹어 본 사람이 많이 먹는다 • 32

**12.** 고양이한테 생선을 맡기다 • 34

**13.** 고인 물이 썩는다 • 36

**14.** 구관이 명관이다 • 38

**15.** 구렁이 담 넘어가듯 • 40

**16.** 굴러온 돌이 박힌 돌 뺀다 • 42

**17.** 귀신이 곡할 노릇이다 • 44

**18.** 귀에 걸면 귀걸이 코에 걸면 코걸이 • 46

**19.** 긁어 부스럼 • 48

**20.** 까마귀 고기를 먹었나 • 50

**21.** 꼬리가 길면 밟힌다 • 52

**22.** 꿈보다 해몽이 좋다 • 54

**23.** 꿩 먹고 알 먹는다 • 56

**24.** 나는 새도 떨어뜨린다 • 58

**25.** 나 먹기는 싫어도 남 주기는 아깝다 • 60

**26.** 날 잡아 잡수 한다 • 62

**27.** 남의 손의 떡은 커 보인다 • 64

**28.** 내 손에 장을 지지겠다 • 66

**29.** 냉수 먹고 속 차려라 • 68

**30.** 넘어지면 코 닿을 데 • 70

**31.** 눈에 콩깍지가 씌다 • 72

**32.** 늦게 배운 도둑이 날 새는 줄 모른다 • 74

**33.** 다 된 죽에 코 빠졌다 • 76

**34.** 두 손뼉이 맞아야 소리가 난다 • 78

**35.** 둘이 먹다 하나가 죽어도 모르겠다 • 80

**36.** 듣기 좋은 꽃노래도 한두 번이지 • 82

**37.** 때리는 사람보다 말리는 놈이 더 밉다 • 84

**38.** 뛰어야 벼룩 • 86

**39.** 말은 청산유수다 • 88

**40.** 매도 먼저 맞는 놈이 낫다 • 90

**41.** 먼 사촌보다 가까운 이웃이 낫다 • 92

**42.** 모난 돌이 정 맞는다 • 94

**43.** 모로 가도 서울만 가면 된다 • 96

**44.** 모르면 약이요 아는 게 병 • 98

**45.** 목구멍이 포도청 • 100

**46.** 무소식이 희소식 • 102

**47.** 밑 빠진 독에 물 붓기 • 104

48. 밑져야 본전 • 106

49. 바다는 메워도 사람의 욕심은 못 채운다 • 108

50. 바람 앞의 등불 • 110

51. 배보다 배꼽이 더 크다 • 112

52. 벼룩도 낯짝이 있다 • 114

53. 보기 좋은 떡이 먹기도 좋다 • 116

54. 불난 집에 부채질한다 • 118

55. 산 사람 입에 거미줄 치랴 • 120

56. 새벽 봉창 두들긴다 • 122

57. 섶을 지고 불로 들어가려 한다 • 124

58. 소 닭 보듯 • 126

59. 손 안 대고 코 풀기 • 128

60. 손이 발이 되도록 빌다 • 130

61. 손톱 밑의 가시 • 132

62. 썩어도 준치 • 134

63. 씨를 뿌리면 거두게 마련이다 • 136

64. 약방에 감초 • 138

65. 언 발에 오줌 누기 • 140

**66.** 엎드려 절 받기 • 142

**67.** 엎어져도 코가 깨지고 자빠져도 코가 깨진다 • 144

**68.** 염불에는 맘이 없고 잿밥에만 맘이 있다 • 146

**69.** 옥에도 티가 있다 • 148

**70.** 우물을 파도 한 우물을 파라 • 150

**71.** 울고 싶자 때린다 • 152

**72.** 윗물이 맑아야 아랫물이 맑다 • 154

**73.** 이기는 것이 지는 것 • 156

**74.** 입은 비뚤어져도 말은 바로 해라 • 158

**75.** 장님 코끼리 만지는 격 • 160

**76.** 재주는 곰이 넘고 돈은 주인이 받는다 • 162

**77.** 적을 알고 나를 알면 백 번 싸워 백 번 이긴다 • 164

**78.** 제 버릇 개 줄까 • 166

**79.** 종로에서 뺨 맞고 한강에서 눈 흘긴다 • 168

**80.** 중이 절 보기 싫으면 떠나야지 • 170

**81.** 중이 제 머리를 못 깎는다 • 172

**82.** 쥐도 도망갈 구멍을 보고 쫓는다 • 174

**83.** 지성이면 감천 • 176

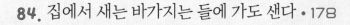

84. 집에서 새는 바가지는 들에 가도 샌다 • 178

85. 찬물도 위아래가 있다 • 180

86. 참새가 방앗간을 그저 지나랴 • 182

87. 참을 인(忍) 자 셋이면 살인도 피한다 • 184

88. 첫술에 배부르랴 • 186

89. 친구 따라 강남 간다 • 188

90. 핑계 없는 무덤이 없다 • 190

91. 하나를 보면 열을 안다 • 192

92. 하늘은 스스로 돕는 자를 돕는다 • 194

93. 한 번 속지 두 번 안 속는다 • 196

94. 한 번 실수는 병가지상사(兵家之常事) • 198

95. 한번 엎지른 물은 다시 주워 담지 못한다 • 200

96. 호랑이 없는 골에 토끼가 왕 노릇 한다 • 202

97. 호랑이도 제 말 하면 온다 • 204

98. 호미로 막을 것을 가래로 막는다 • 206

99. 호박이 넝쿨째로 굴러떨어졌다 • 208

100. 홍시 떨어지면 먹으려고
    감나무 밑에 가서 입 벌리고 누웠다 • 210

찾아보기 • 212

# 가랑잎이 솔잎더러 바스락거린다고 한다

3-2 국어 9단원 작품 속 인물이 되어

 **무슨 뜻일까?**

가을날 떨어진 가느다란 솔잎보다 넓적한 가랑잎을 밟으면 더 많이 바스락거리지요? 자신의 잘못이 큰 줄은 모르고, 다른 사람의 잘못을 지적하는 것을 말해요.

 **이렇게 사용해**

**가랑잎이 솔잎더러 바스락거린다**더니, 피자를 세 조각이나 먹은 친구가 두 조각 먹은 나에게 먹보라고 놀렸다.

 **비슷한 말이 있어!**

'겨울바람이 봄바람보고 춥다 한다'는 말도 있어요. 마찬가지로 자신의 잘못보다 다른 사람의 잘못을 더 크게 본다는 뜻이죠.

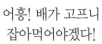

# 2

# 가루는 칠수록 고와지고 말은 할수록 거칠어진다

6-1 국어 5단원 속담을 활용해요

## 무슨 뜻일까?

가루를 체에 칠수록 고운 가루만 남지만, 말은 하면 할수록 시비가 붙어 말다툼까지 갈 수 있으니, 말을 적게 하라는 말이에요.

## 이렇게 사용해

가루는 칠수록 고와지고 말은 할수록 거칠어진다는 말처럼, 괜한 말다툼은 하지 말아야겠어요.

## 비슷한 말이 있어!

'낮 말은 새가 듣고 밤 말은 쥐가 듣는다'는 말은 아무리 비밀스럽게 말해도 결국 다른 사람 귀에 들어가고, '말이 씨가 된다'는 말은 아무 생각 없이 한 말로 큰 일이 날 수 있다는 뜻이에요.

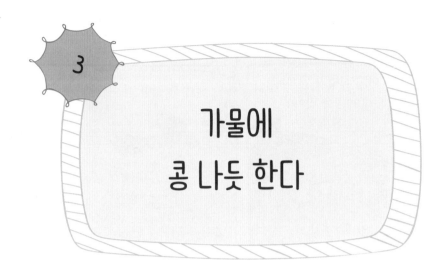

## 3 가물에 콩 나듯 한다

 **무슨 뜻일까?**

가뭄이 들면 심은 콩이 제대로 자라지 않아 드문드문 싹이 날 수밖에 없겠지요? 이처럼 어떤 일이나 물건이 어쩌다 하나씩 드문드문 있는 경우를 말해요.

 **이렇게 사용해**

친구는 먹고 싶은 음식을 **가물에 콩 나듯** 말해서, 무엇인가 먹고 싶다고 하기만 하면 엄마가 바로 사다 주신대요.

 **다른 말이 있어!**

반대로 **우후죽순**(雨後竹筍)은 비가 온 뒤에 여기저기 죽순이 솟아오르는 모습을 말해요. 어떤 일이 한꺼번에 많이 생겨날 때 사용해요.

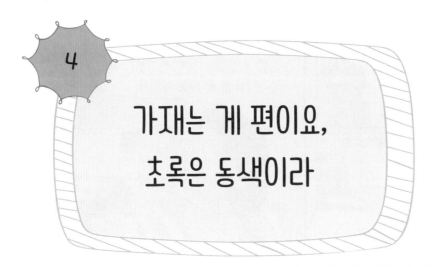

## 4 가재는 게 편이요, 초록은 동색이라

5-1 사회 2단원 인권 존중과 정의로운 사회

 **무슨 뜻일까?**

가재와 게는 비슷하게 생겼어요. 그래서 게가 다른 동물과 싸움을 하면 비슷하게 생긴 가재가 편을 들어준다는 뜻이지요. 마찬가지로 풀과 녹색은 같은 빛깔이라는 뜻으로 서로 비슷하고 인연이 있는 것끼리 서로 잘 어울리고, 사정을 봐주며 감싸는 것을 말해요.

 **이렇게 사용해**

**가재는 게 편이요, 초록은 동색이라던데** 우리는 가족이니 엄마도 내 편을 들어 줘야 하는 것 아닌가요?

 **비슷한 말이 있어!**

'팔은 안으로 굽는다'는 말도 같은 편끼리 서로 감싼다는 뜻이에요.

와, 정의의 여신상 봤어?

응, 진짜 크더라.

다른 나라에도 있다고 하던데. 다 똑같지는 않지?

정의의 여신상들은 두 눈을 가린 채,

칼과 저울을 들고 있대.

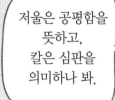

저울은 공평함을 뜻하고, 칼은 심판을 의미하나 봐.

가재는 게 편이요, 초록은 동색이라는 말도 있는데 불공정한 판결을 내릴까 봐 눈가리개를 쓰고 있다고 해.

우리나라의 정의의 여신상은 눈가리개가 없던데?

공평히 판결하려면 냉정해야지.

대신 진실의 눈으로 상대를 꿰뚫어 보는 거겠지.

빨리와!

그렇구나. 그런데 왠지 좀 쌀쌀맞아 보여.

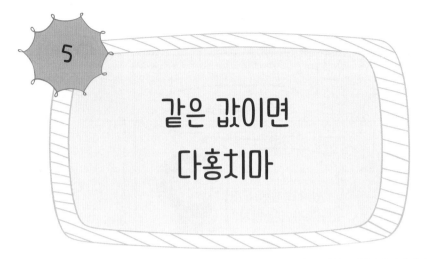

5

# 같은 값이면
# 다홍치마

 **무슨 뜻일까?**

같은 가격이면 이왕이면 더 예쁜 색깔의 치마를 고르겠지요? 값이 같거
나 같은 노력을 들여야 한다면 더 좋은 것을 고른다는 뜻이에요.

 **이렇게 사용해**

같은 값이면 다홍치마라고, 아무리 먹을 거라도 더 예쁜 귤을 고를 거
예요.

 **비슷한 말이 있어!**

'같은 값이면 검정 송아지'도 같은 값이라면 더 좋은 것을 고른다는 말
이에요.

같은 값이면 다홍치마이지.
분명 날개 개수에 따라
뭔가 다를 거야.

도와드릴까요?

뭐가 다른가요?

날개 수가 많을수록
바람이 부드럽고 소리도
작고요.

그럼 날개가
많은 게 무조건
좋은 거 아냐?

대신 바람이 약하게 느껴질 수 있어요.
그리고 바람이 멀리 가지 못하죠.

위잉~

위이잉

바람이 약한 것보단
센 것이 좋지 않을까?

이번에는 부드럽고
조용한 것으로 사 보자.

좋은 생각이야.
이걸로 주세요.

네. 알겠
습니다!

6

# 개똥도 약에
# 쓰려면 없다

(동아출판) 5학년 보건 7단원 사고 예방과 응급 처치
(YBM) 5학년 보건 3단원 안전과 응급 처치

 **무슨 뜻일까?**

평소에 필요없이 굴러다니던 개똥도 막상 필요하여 약으로 쓰려고 찾아보면 찾기 어렵다는 얘기이니 하찮은 것도 쓰려면 없다는 뜻이에요.

 **이렇게 사용해**

개똥도 약에 쓰려면 없다더니, 그렇게 많던 솔방울도 미술 시간 재료로 쓰려니 보이질 않는다.

 **비슷한 말이 있어!**

'까마귀 똥도 약에 쓰려면 오백 냥이라'와 '소똥도 약에 쓰려면 없다'도 평소에 흔한 것인데, 필요해서 구하려니 없다는 말이에요.

# 개 발에
# 편자

 **무슨 뜻일까?**

편자는 말의 발굽을 보호하기 위해 붙이는 금속을 말해요. 하지만 개의 발에는 편자가 필요 없듯이, 옷차림이나 가진 물건이 지니고 있는 사람에게 과분하거나 어울리지 않는 것을 이르는 말이에요.

 **이렇게 사용해**

삼촌이 두 살짜리 조카에게 최신 휴대폰을 선물하자 엄마는 개 발에 편자라고 걱정을 했다.

 **비슷한 말이 있어!**

'돼지 목에 진주 목걸이'는 값어치를 모르는 사람에게 귀한 보물을 주어도 가치를 모르거나 과분한 것을 이르는 말이에요.

와, TV가 진짜 많아요!

이전에 쓰던 TV도 좋았는데.

사는 김에 큰 걸로 살까요?

개 발에 편자예요. 우리 집 거실은 너무 좁은걸요.

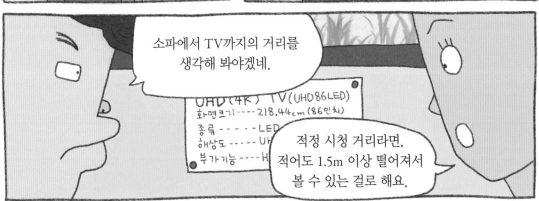

소파에서 TV까지의 거리를 생각해 봐야겠네.

UHD(4K) TV(UHD86LED)
화면크기----218.44cm(86인치)
종류-----LED
해상도-----UH
부가기능----H

적정 시청 거리라면, 적어도 1.5m 이상 떨어져서 볼 수 있는 걸로 해요.

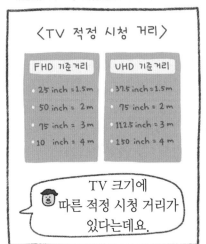

〈TV 적정 시청 거리〉

| FHD 기준거리 | UHD 기준거리 |
|---|---|
| 25 inch = 1.5 m | 37.5 inch = 1.5 m |
| 50 inch = 2 m | 75 inch = 2 m |
| 75 inch = 3 m | 112.5 inch = 3 m |
| 10 inch = 4 m | 150 inch = 4 m |

TV 크기에 따른 적정 시청 거리가 있다는데요.

UHD 65인치 TV가 좋겠네요.

UHD TV가 더 선명해. 대신 그만큼 비싸겠지?

FHD랑 UHD는 무슨 차이가 있어요?

아하! UHD 통과!

# 8

# 개밥에
# 도토리

5학년 도덕 6단원 인권을 존중하며 함께 사는 우리

 **무슨 뜻일까?**

개는 도토리를 먹지 않아서, 개밥 속에 도토리가 있으면 남겨 굴러다니기 때문에 누군가 무리에 어울리지 못하고 환영받지 못하거나 홀로 따로 떨어진 모습을 나타내는 말이에요.

 **이렇게 사용해**

**개밥에 도토리**처럼 오도카니 앉아 있는 선영이의 모습이 안타까워 먼저 말을 걸었다.

 **비슷한 말이 있어!**

기름은 물에 섞이지 않아 물 위에 뜨게 돼요. '물 위의 기름'이라는 말도 잘 어울리지 못하고 혼자 겉도는 모습을 말해요.

엄마는 대학교를 졸업했지요?

응, 왜?

옛날에 여자는 대학교에 못 갔다고 해서요.

아주 옛날에는 여자는 공부를 하면 안 된다며 학교에 보내지 않았던 때도 있었어.

그렇지?

의사가 되려면 대학교를 졸업해야 하지 않아요?

여자가 무슨 공부를 한다고, 시집이나 갈 것이지

상가 입구에 있는 할머니 의사 선생님은 여자인데도 대학교를 졸업하셨죠?

맞아! 그 시대에 대단하신거지. 당시에 여자 대학생도 있었지만, 개밥에 도토리 신세였단다.

수많은 남학생들 속에서 여성으로 홀로 다니시느라 힘드셨을거야.

불쌍해요. 우리 반엔 여학생들이 활개를 치는데….

어려운 형편에 아이를 키우면서도 여성 최초 법대생이 된 이태영 변호사님도 고생이 많았대.

지금은 여자 판사도 있죠?

그럼~ 당연하지

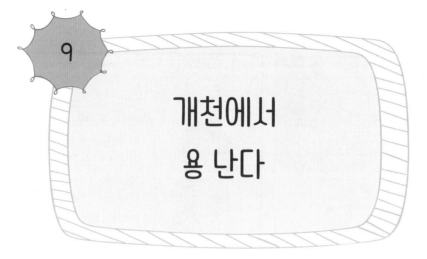

9

# 개천에서
# 용 난다

6-1 국어 5단원 속담을 활용해요

 **무슨 뜻일까?**

가정 형편이 아주 어려운 부모 밑에서 훌륭한 인물이 나는 경우를 말하는 말이에요.

 **이렇게 사용해**

이번에 활약한 김환영 선수는 가난해서 밥 한 끼 먹는것도 어려웠던 시절을 뒤로 하고, 열심히 노력하여 오늘날 훌륭한 선수가 되었대요. 개천에서 용 난 격이지요.

 **비슷한 말이 있어!**

'개똥밭에 인물 난다', '시궁창에서 용이 난다'는 말 모두 어려운 상황 속에서 훌륭한 인물이 나왔다는 뜻이에요.

10

# 걷기도 전에
# 뛰려고 한다

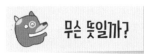

### 무슨 뜻일까?

쉽고 간단한 일도 해낼 능력이 되지 않으면서 한 번에 어렵고 큰일을 하려고 하는 것을 말해요.

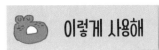

### 이렇게 사용해

동생이 덧셈도 할 줄 모르면서 나눗셈을 하겠대요. 걷기도 전에 뛰려고 한다니까요?

### 비슷한 말이 있어!

'기기도 전에 날기부터 하려 한다'는 말은 능력이 되지 않으면서 능력 이상의 것을 하려고 나서는 말이에요.

# 11

# 고기도 먹어 본 사람이 많이 먹는다

(동아출판) 5학년 실과 2단원 식물과 동물
(미래엔) 5학년 실과 2단원 생활과 동식물

 **무슨 뜻일까?**

어떤 일이든지 경험해 본 사람이 잘한다는 뜻이에요.

 **이렇게 사용해**

<u>고기도 먹어 본 사람이 많이 먹는다</u>고 역시 여러 발표 대회에 나가 무대에 서 본 세현이의 실력이 대단했다.

 **비슷한 말이 있어!**

무슨 음식이든 먹어 본 사람이 맛있는 줄 알기 때문에 더 잘 먹는다는 뜻이어서 '떡도 먹어 본 사람이 먹는다'는 말도 쓰이고 있어요.

## 12

# 고양이한테 생선을 맡기다

5-2 사회 2단원 사회의 새로운 변화와 오늘날의 우리

 **무슨 뜻일까?**

고양이한테 생선을 맡기면 생선을 다 먹어 버리겠지요? 이처럼 어떤 것을 믿지 못할 사람에게 맡겨 놓고 마음이 놓이지 않아 걱정할 때 쓰는 말이에요.

 **이렇게 사용해**

어머니가 나가신 사이에 집에 있던 과자를 다 먹어 버려서 <u>고양이한테 생선을 맡기고</u> 나갔다고 하셨다.

 **비슷한 말이 있어!**

'고양이보고 반찬 가게 지키라는 격이다.'는 고양이가 반찬을 먹어 버릴 텐데 지키라고 하는 것처럼 믿지 못할 사람에게 중요한 일을 맡기는 경우를 말해요.

오늘은 광복절이구나!
1910년 우리나라가
일본에 국권을
빼앗겼잖아.

리더십은 없고, 의견만 분분.

나라의 힘은 점점 약해지니,
일본이 우리나라로 들어와
1905년, 을사늑약이 강제로 체결되고,
온 나라가 울분에 휩싸였단다.
우리나라의 외교권을 빼앗기고….

외교권을 빼앗겼다는
것은 일본이 우리를
대신해서 다른 나라와
약속을 할 수 있다는 거네요?

멍!

그렇지. 고양이한테
생선을 맡긴 격이야.
나라가 힘이 없으니
힘든 시절을 보냈었지.

으르르~

## 고인 물이 썩는다

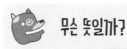

### 무슨 뜻일까?

흐르지 못하고 한 곳에 고여 있는 물은 썩어버리기 마련이에요. 이것처럼 사람은 변화를 받아들이고 부단히 노력하여 발전해야지 그렇지 않으면 퇴보한다는 말이에요.

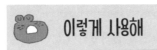

### 이렇게 사용해

세계 복싱 챔피언인 김 선수는 고인물이 썩는다는 좌우명으로 지금도 더 나은 미래를 향해 열심히 훈련중이다.

### 비슷한 말이 있어!

'구르는 돌은 이끼가 안 낀다'는 말은 돌도 가만히 있지 않고 구르면 이끼가 자랄 틈이 없는 것처럼 부지런히 노력하는 사람은 계속해서 발전 한다는 뜻이에요.

# 14

# 구관이
# 명관이다

4-2 국어 6단원 본받고 싶은 인물을 찾아봐요

 **무슨 뜻일까?**

구관이라는 말은 전에 있던 관리를 말하고, 명관은 훌륭한 관리라는 뜻이에요. 즉, 나중에 오는 사람과 지내면서, 이전에 있었던 사람이 더 좋았다는 것을 알게 되었다는 말이지요.

 **이렇게 사용해**

담임 선생님이 아프셔서 다른 선생님이 수업을 하시자, 학생들은 비로소 <u>구관이 명관</u>이라는 말을 이해했다.

 **비슷한 말이 있어!**

'겨울이 다 되어야 솔이 푸른 줄 안다'는 잎이 없는 겨울이 되면 여름의 푸르름이 아쉬워지는 것처럼 어려운 상황이 되어 보아야 비로소 옛날 잘했던 사람의 진가를 알 수 있다는 뜻이에요.

38

흉년이 들어 나라에서 세금을 면제했다던데

우리 사또는 세금을 내라는데?

그게 세금이겠나? 사또 주머니에 들어가겠지.

구관이 명관이라더니, 전에 있던 사또가 그리워지네.

수연 어멈!

여서 오세요~

주막

어이! 여기!

자리 맡아 놨어!

지난 사또는 흉년 때는 봐주었다고.

조사해 봐야겠다.

연천 현감 김양직은 오라를 받으라!

암행어사 출두요!

만세!

휴, 백성들이 잘 살려면 지방 관리의 역할이 중요하구나.

이렇게 나온 책이 정약용의 〈목민심서〉입니다. 지방 관리의 바른 태도에 대한 책이랍니다.

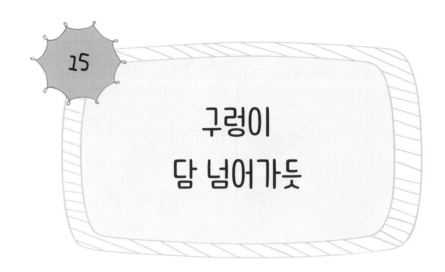

# 15 구렁이
# 담 넘어가듯

 **무슨 뜻일까?**

일을 분명하게 처리하지 않고, 구렁이가 담을 넘어가듯이 슬그머니 얼버무려 능청스럽게 처리하는 것을 말해요.

 **이렇게 사용해**

형우는 항상 먼저 시비를 거는데, **구렁이 담 넘어가듯** 슬쩍 핑계를 대는 바람에 다른 친구들이 오히려 혼나곤 한다.

 **비슷한 말이 있어!**

'물에 물 탄 듯 술에 술 탄 듯'은 말이나 행동이 분명하지 않은 태도를 말해요.

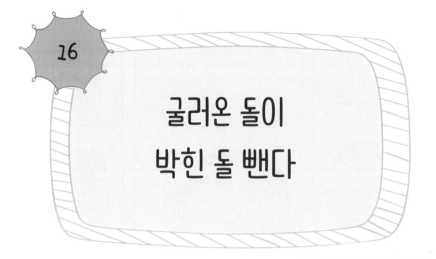

## 16

# 굴러온 돌이
# 박힌 돌 뺀다

6-2 사회 1단원 세계의 여러 나라들

 **무슨 뜻일까?**

새로 들어온 사람이 원래 있던 사람을 내쫓거나 해를 입히는 것을 말해요.

 **이렇게 사용해**

**굴러온 돌이 박힌 돌 뺀다**더니, 아빠는 나보다도 얼마 전 식구가 된 강아지를 더 챙기신다.

 **비슷한 말이 있어!**

본말전도(本末顚倒)는 뿌리와 잎사귀가 바뀌었다는 뜻으로, 사물의 순서나 위치, 또는 논리가 거꾸로 된 경우에 사용해요.

콜럼버스는 15세기에 아메리카대륙에 도착했어.
이후 유럽에서는 신대륙 열풍이 불었지.

그러다 보니 많은 백인이 유럽에서 신대륙으로
이주하기 시작한 거야.

원주민들을 학살하고 땅과 보물을 차지해 버렸지.

그리고 남아있는 원주민들을
원주민 보호구역으로
내쫓았어..
굴러온 돌이 박힌 돌을
빼내어 버린 거야.

그러면서 미합중국은 '멜팅 폿(Melting Pot)'이라고
다양한 인종이 모인 대륙이 되었지.

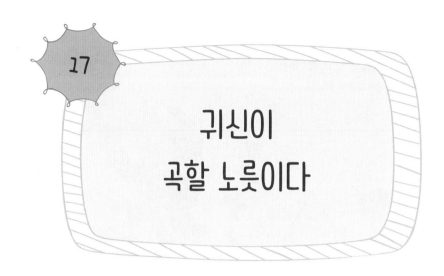

# 17

# 귀신이
# 곡할 노릇이다

### 무슨 뜻일까?

이상하고 기묘한 일이 일어나서 도무지 이해할 수 없을 때 쓰는 말이에요.

### 이렇게 사용해

분명히 내가 어제 여기에 모자를 두었었는데 보이질 않으니, **귀신이 곡할 노릇**이라니까.

### 비슷한 말이 있어!

'귀신 씻나락 까먹는 소리'에서 씻나락은 볍씨를 말하는데, 볍씨를 돌보지도 않고 귀신이 볍씨를 까먹어 싹이 나지 않는다는 핑계를 대는 것처럼 이치에 닿지 않게 얘기하는 엉뚱하고 쓸데없는 말을 뜻해요.

저쪽에 동굴이 있습니다!

동굴로 들어가서 비를 피합시다.

아이, 목말라! 깜깜한데 물을 갖다 놓았네. 물맛이 참 좋구나!

어제 떠다 놓으신 물을 정말 잘 마셨습니다.

물이라니요? 귀신이 곡할 노릇이군요.

분명 저쪽에… 아니, 해골이었잖아?

맛있게 느껴졌던 물이 해골물이었다니. 모든 일은 마음먹기에 달려 있구나!

당나라로 유학을 떠나던 원효대사는 그 길로 신라로 돌아가 깨우침을 전파하였다고 합니다.

# 귀에 걸면 귀걸이
# 코에 걸면 코걸이

## 무슨 뜻일까?

원칙대로가 아니라, 상황에 따라 편한 대로 이렇게도 되고 저렇게도 될 때 쓰는 말이에요.

## 이렇게 사용해

심판에 따라 판정이 달라지니, **귀에 걸면 귀걸이, 코에 걸면 코걸이** 가 따로 없다.

## 비슷한 말이 있어!

'이현령비현령(耳懸鈴鼻懸鈴)'은 귀에 단 방울, 코에 단 방울이라는 뜻 으로 일정한 원칙이 없이 이렇게도 되고 저렇게도 될 때 쓰는 말이에요.

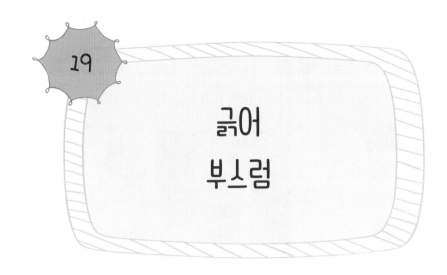

19

# 긁어 부스럼

 **무슨 뜻일까?**

그냥 넘어갈 수 있는 일을 공연히 건드리거나 살펴보다가 문제를 일으키는 경우에 쓰는 말이에요.

 **이렇게 사용해**

선생님께 괜히 숙제 이야기를 꺼내 숙제가 두 배로 늘어서 다른 친구들에게 긁어 부스럼을 만들었다는 소리를 들었다.

 **비슷한 말이 있어!**

'가만히 있으면 중간이나 간다'라는 말은 잠자코 있으면 되는 것을 애써 아는 척하다가 모자른 실력이 탄로난다는 말이에요.

20

# 까마귀 고기를 먹었나

6-1 국어 5단원 속담을 활용해요

 **무슨 뜻일까?**

까마귀가 까맣다는 것을 빗대어서 까맣게 잊어버린다는 말을 하는데, 무엇인가를 잘 잊어버리는 상황을 이르는 말이에요.

 **이렇게 사용해**

오늘도 깜빡하고 숙제를 가지고 오지 않아서 친구들에게 "너는 까마귀 고기를 먹었니?"라고 놀림받았다.

 **비슷한 말이 있어!**

'업은 아이 삼 년 찾는다'는 말은 가까이에 두고서 여기저기 어렵게 찾아다닌다는 말이에요.

# 꼬리가 길면 밟힌다

 **무슨 뜻일까?**

아무리 몰래 한다 해도 나쁜 일을 오랫동안 여러 번 하면 결국 들키고 만다는 말이에요.

 **이렇게 사용해**

**꼬리가 길면 밟힌다**더니, 이불 속에서 휴대폰을 쓰다가 아빠에게 딱 걸렸지 뭐예요?

 **비슷한 말이 있어!**

'미장즉답(尾長則踏)'은 나쁜 짓을 오래 계속하면 끝내 들키고 만다는 사자성어예요.

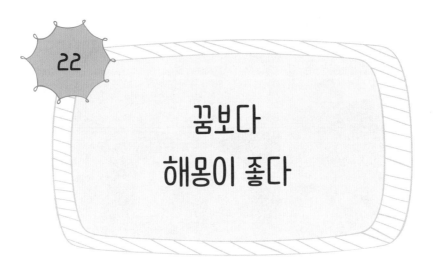

22

# 꿈보다
# 해몽이 좋다

4-2 국어 9단원 감동을 나누며 읽어요

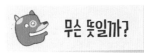 **무슨 뜻일까?**

하찮거나 언짢은 일을 돌려 생각하여 좋게 풀이한다는 말이에요.

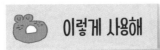 **이렇게 사용해**

시험을 망치고 혼날까 봐 실패를 교훈삼아 다음엔 꼭 성공하겠다고 말하니, 엄마는 꿈보다 해몽이 좋다며 어이없어 하셨다.

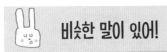 **비슷한 말이 있어!**

'귀에 걸면 귀걸이 코에 걸면 코걸이'는 상황에 따라 이렇게도 되고 저렇게도 될 수 있을 때 쓰는 말이에요.

54

여봐라, 꿈풀이를 잘한다는 망둥어 할멈을 데려오너라!

부르셨나이까.

내가 신묘한 꿈을 꾸었는데 한번 들어 보시게.

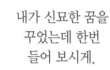

용이 되어 하늘을 날고, 날씨를 다스릴 꿈이옵니다.

옳거니! 망둥어 할멈에게 상을 내리거라.

할멈을 데려오느라 고생했는데 칭찬 한마디 없군!

꿈보다 해몽이 좋구만! 낚싯대에 걸려 생선 구이가 될 꿈 아니겠소?

찰싹!

뭐라?

깔깔

띠용~

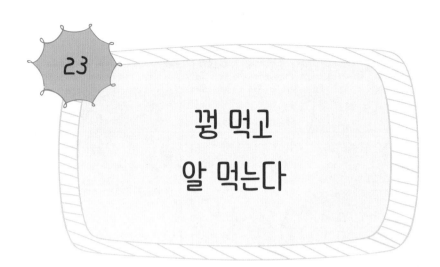

**23**

# 꿩 먹고
# 알 먹는다

 **무슨 뜻일까?**

한 가지 일을 하여 두 가지 이상의 이익을 얻는다는 뜻이에요.

 **이렇게 사용해**

아나바다 행사를 통해 안 쓰는 물건도 처분하고, 환경도 지킬 수 있으니 꿩 먹고 알 먹기다.

 **비슷한 말이 있어!**

비슷한 뜻의 다른 속담으로는 '도랑 치고 가재 잡기', '마당 쓸고 돈 줍기', '누이 좋고 매부 좋다'가 있고, 사자성어로는 '일석이조', '일거 양득'이 있어요.

# 나는 새도
# 떨어뜨린다

### 무슨 뜻일까?

날아가는 새도 떨어뜨릴 정도로 권세가 대단하여 모든 일을 마음대로 할 수 있는 상황을 뜻해요.

### 이렇게 사용해

인기쟁이 규석이는 **나는 새도 떨어뜨릴** 정도로 위세가 대단하여 무엇이든 자기 마음대로 했는데, 결국 외톨이가 되고 말았다.

### 다른 말이 있어!

'달도 차면 기운다'는 세상의 온갖 것이 한번 번성하면 쇠하기 마련이라는 뜻이에요.

# 나 먹기는 싫어도 남 주기는 아깝다

6학년 도덕 2단원 작은 손길이 모여 따뜻해지는 세상

 **무슨 뜻일까?**

자신에게 소용이 없는 것도 다른 사람에게는 주기 싫은 인색한 마음을 말해요.

 **이렇게 사용해**

동생 책꽂이에 새 공책이 열 권이나 있길래, 한 권을 쓰려고 했더니 무척화를 내는 거예요. 나 먹기는 싫어도 남 주기는 아까운 걸까요?

 **비슷한 말이 있어!**

'벼룩의 간을 빼먹는다'라는 말은 어려운 처지에 있는 사람에게서 물건을 빼앗거나 이득을 취하는 야비한 마음을 말해요.

엄마!
내일 알뜰시장 한 대요.

이거 다 팔면 어떠니?

안 돼요.

나 먹기는 싫어도
남 주기는 아까워서?

그러지 말자. 얼마 전에
이태석 신부님
영화 봤잖아.

〈울지마 톤즈〉
요?

그래. 베푸는 삶이
얼마나 아름다운지.

어차피 알뜰시장에서
번 돈을 다 기부
하기로 해서….

그럼! 다른 사람도 도와주고
얼마나 좋아.

이 기회에 잡동사니
치워 버리시려는 거
아니에요?

26

# 날 잡아
# 잡수 한다

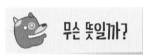 **무슨 뜻일까?**

나 몰라라하며 하고 싶은 대로 하라고 내맡기는 경우를 말해요.

 **이렇게 사용해**

집을 엉망으로 만든 강아지 뽀미가 배를 보이며 누워 **날 잡아 잡수** 하
는 모습에 우리 가족 모두 웃음을 터뜨리고 말았다.

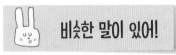 **비슷한 말이 있어!**

'게으른 선비 책장 넘기듯'은 게으른 선비가 책을 읽는 둥 마는 둥 하다
가 얼마나 읽었나 헤아려 보듯이, 하기 싫은 일을 억지로 하느라 건성으
로 넘어가는 것을 말해요.

카멜레온 색깔 변하는 것 봐! 정말 신기해.

진짜 신기하다!

카멜레온은 보호색을 활용한단다. 북극여우도 그렇지.

두드리지 마세요

이 파란색 개구리는요? 너무 눈에 띄는걸요?

나는 독이 있어!

이건 독화살개구리란다. 이 녀석은 경계색을 활용하지.

또 다른 방법도 있어요?

다른 생물의 모습을 따라 하는 '의태'도 있어. 가랑잎 나비처럼.

날 잡아 잡수 하면 안 되니까 자신을 보호하는 거군요!

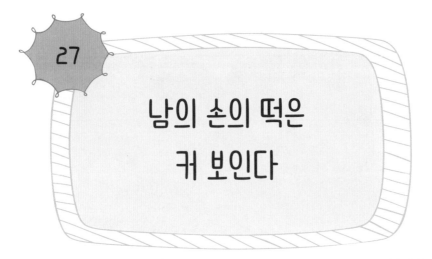

# 남의 손의 떡은 커 보인다

 **무슨 뜻일까?**

내 물건보다 남의 물건이 더 좋아 보이고 내 일보다 남의 일이 더 쉬워 보이는 것을 말해요.

 **이렇게 사용해**

민주는 자꾸 조별 과제에서 맡은 부분을 바꾸자고 해요. 남의 손의 떡이 더 커 보이나 봐요.

**비슷한 말이 있어!**

'놓친 고기가 더 커 보인다'는 얻지 못하였거나 잃어버린 것이 더 좋게 생각될 때 쓰는 말이에요.

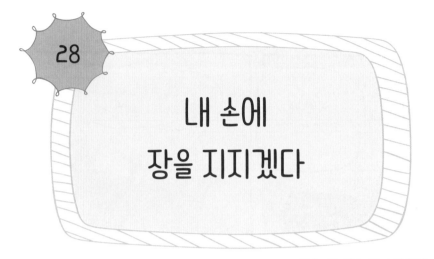

# 내 손에
# 장을 지지겠다

28

5학년 도덕 1단원 바르고 떳떳하게

## 무슨 뜻일까?

손바닥에 간장을 붓고 불을 지펴 끓이면 너무나 고통스러운데, 그 고통을 감수하고서도 자신의 의견이 맞다고 강하게 주장할 때 쓰는 말이에요.

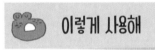
## 이렇게 사용해

네가 그렇게 놀더니 오늘 영어 쪽지 시험에서 100점을 맞으면 내 손에 장을 지진다.

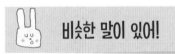
## 비슷한 말이 있어!

'호언장담(豪言壯談)'은 호걸과 같이 씩씩한 태도로 확신에 차서 자신 있게 하는 말을 뜻해요.

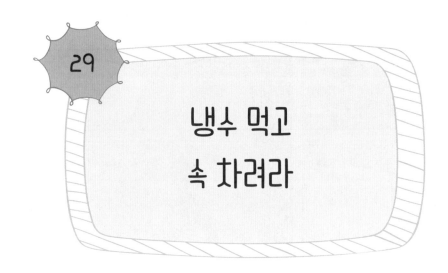

# 29

# 냉수 먹고
# 속 차려라

 **무슨 뜻일까?**

차가운 물을 마시고 정신을 차리라는 말로, 분별력 없이 행동하는 사람에게 정신을 차리라고 하는 말이에요.

 **이렇게 사용해**

"냉수 먹고 속 차려! 지금 어린이날 받을 선물 생각을 할 게 아니고 내일 숙제를 해야 돼!"

 **비슷한 말이 있어!**

'철들자 망령난다'는 철이 들어 겨우 정신을 좀 차리나 싶더니 금세 형편없이 행동하여 일을 망치게 된다는 말이에요.

# 넘어지면 코 닿을 데

 **무슨 뜻일까?**

넘어지면 코가 닿을 정도로 매우 가까운 거리를 말해요.

 **이렇게 사용해**

동생은 <u>넘어지면 코 닿을 데</u> 있는 어린이집에 굳이 자전거를 타고 간다고 야단이에요.

 **비슷한 말이 있어!**

'엎어지면 코 닿을 데'도 아주 가까운 거리를 뜻할 때 쓰는 말이에요.

# 31

# 눈에
# 콩깍지가 씌다

 **무슨 뜻일까?**

눈에 콩깍지가 씌어 앞이 잘 안 보이는 것처럼 어떤 사람이나 대상을 몹시 좋아하게 되어 다른 것은 보지 않고 신경 쓰지 않을 때 쓰는 말이에요.

 **이렇게 사용해**

도영이를 좋아하는 지혜는 눈에 콩깍지가 씌어서 졸졸 따라다니다가 화장실까지 따라갈 뻔했다.

 **비슷한 말이 있어!**

'물 본 기러기 꽃 본 나비'는 마음에 드는 사람에게 마음이 전부 가 있는 것을 말해요.

# 늦게 배운 도둑이
# 날 새는 줄 모른다

 **무슨 뜻일까?**

뒤늦게 시작한 일에 재미를 붙여 그 일에 열중하게 된다는 말이에요.

 **이렇게 사용해**

늦게 배운 도둑이 날 새는 줄 모른다더니, 할머니께 휴대폰 게임을 가르쳐 드렸더니 푹 빠지셔서 식사시간 빼고는 계속 게임만 하시네.

 **비슷한 말이 있어!**

'재미나는 골에 범 난다'는 말은 재미있다고 위험한 일을 계속 하면 언젠가는 큰 화를 당할 수 있다는 말이에요.

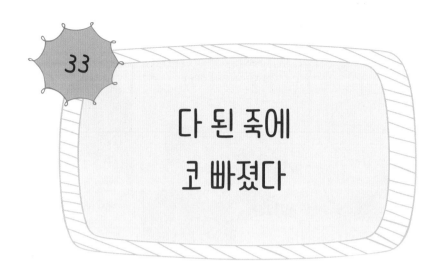

**33**

# 다 된 죽에
# 코 빠졌다

## 무슨 뜻일까?

다 만들어진 죽에 콧물을 빠뜨리면 결국 버려야 하는 것처럼 거의 다 되어 가는 일에 주책없는 행동으로 일을 망쳐 버리는 것을 말해요.

## 이렇게 사용해

두 시간이나 걸려 완성한 미술 작품 위에 물통을 엎어 버려 <u>다 된 죽에 코 빠뜨려</u> 버렸다.

## 비슷한 말이 있어!

'다 된 밥에 재뿌리기'는 밥을 다 지었는데 재를 뿌려서 먹을 수 없게 망쳐 버리는 것처럼 다른 사람의 다 된 일을 나쁘게 방해하는 것을 뜻해요.

2004 아테네 올림픽 사격 경기장
"에먼스 선수, 마지막 한 발을
남겨 두고 있습니다."

"앗, 0점입니다!"

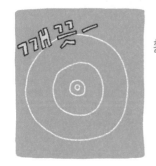

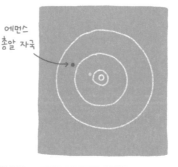

"옆 선수의 과녁을 맞추고 말았군요."

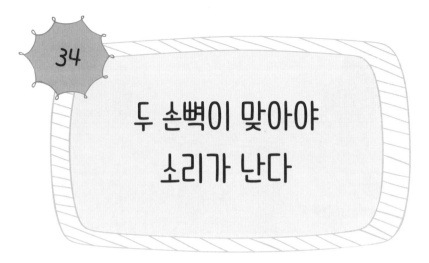

**34**

# 두 손뼉이 맞아야 소리가 난다

4학년 도덕 4단원 힘과 마음을 모아서

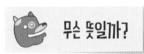

## 무슨 뜻일까?

두 손바닥이 마주쳐야지만 소리가 나겠지요? 이처럼 둘이 서로 마음이 맞아야 일이 이루어진다는 말이에요.

## 이렇게 사용해

<u>두 손뼉이 맞아야 소리가 나는데</u>, 내 짝과 마음이 맞지 않아 이인삼각 경기에서 지고 말았다.

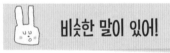

## 비슷한 말이 있어!

'도둑질을 해도 손발이 맞아야 한다'는 말도 손과 발이 따로 움직이면 목적을 이룰 수 없듯이, 서로 의견이 맞아야 무슨 일이든 할 수 있다는 뜻이에요.

## 35

# 둘이 먹다 하나가
# 죽어도 모르겠다

### 무슨 뜻일까?

둘이 먹다 하나가 죽어도 모를 정도로 음식이 아주 맛있다는 뜻이에요.

### 이렇게 사용해

이번 여행에서 가장 생각나는 것은 둘이 먹다 하나가 죽어도 모를 정
도로 맛있는 초밥이었다.

### 비슷한 말이 있어!

'셋이 먹다가 둘이 죽어도 모른다'는 말도 음식이 너무 맛있어서 옆에
서 무슨 일이 생겨도 모를 정도로 맛있다는 뜻이에요.

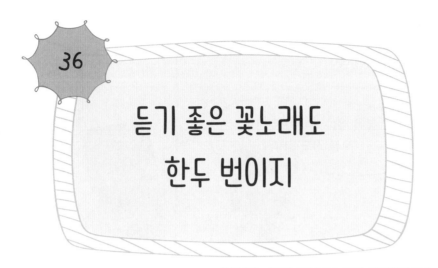

## 36

# 듣기 좋은 꽃노래도
# 한두 번이지

(동아출판, 미래엔) 5학년 실과 3단원 가정생활과 안전

 **무슨 뜻일까?**

아무리 좋은 말이라도 여러 번 되풀이하면 싫어진다는 말이에요.

 **이렇게 사용해**

듣기 좋은 꽃노래도 한두 번이지, 다들 격려한다고 걱정하시는 말씀
이신데 내 마음은 왜 이리 힘들까요?

 **비슷한 말이 있어!**

'맛있는 음식도 늘 먹으면 싫다'는 아무리 좋은 일이라도 계속되면 싫
어진다는 비슷한 얘기가 있어요.

# 때리는 사람보다
# 말리는 놈이 더 밉다

## 무슨 뜻일까?

겉으로는 위해 주는 척하면서 속으로는 얄밉게 헐뜯는 사람이 더 밉다는
뜻이에요.

## 이렇게 사용해

**때리는 사람보다 말리는 놈이 더 밉다**더니, 선생님께 혼난 것보다도
"그러게 숙제는 미리 해야지."라고 말하던 민호가 더 얄미웠다.

## 비슷한 말이 있어!

'때리는 시어머니보다 말리는 시누이가 더 밉다'는 말도 직접 때리는
사람보다 겉으로 위하는 척하면서 말리지만 상황을 더 나쁘게 만드는 사
람이 더 얄밉다는 말이에요.

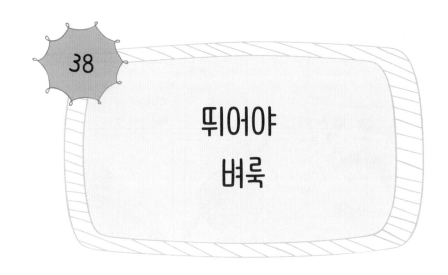

38

# 뛰어야
# 벼룩

 **무슨 뜻일까?**

작은 벼룩이 뛰어 봤자 멀리 못 가는 것처럼 도망쳐 보아야 크게 벗어날
수 없다는 말이에요.

 **이렇게 사용해**

**뛰어야 벼룩**인데 꼬마 소매치기는 도망을 가다가 골목도 벗어나지 못하
고 금방 붙잡혔다.

 **비슷한 말이 있어!**

'뛰어 봤자 부처님 손바닥'은 멀리 나가려 해도 손바닥만큼이나 좁게
머물 뿐 벗어나지 못한다는 말이에요.

**39**

# 말은
# 청산유수다

4-1 국어 2단원 내용을 간추려요

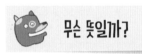

## 무슨 뜻일까?

청산유수란 푸른 산에 흐르는 맑은 물이라는 뜻으로, 막힘없이 말을 잘한다는 뜻이에요.

## 이렇게 사용해

어제 청소를 안 하고 도망간 현태가 이리저리 핑계를 대는 것이 말은 청산유수네요.

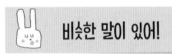

## 비슷한 말이 있어!

'말이 고마우면 비지 사러 갔다가 두부 사 온다'에서 비지는 두부를 만들고 남은 찌꺼기를 이르는 말이에요. 말을 잘 하면 내가 생각했던 것보다 더 좋은 이익이 생긴다는 뜻이에요.

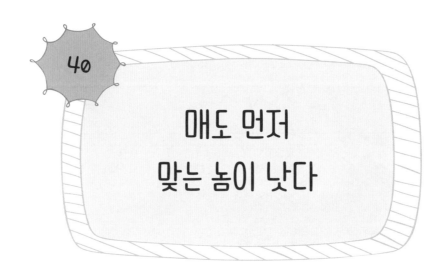

# 매도 먼저
# 맞는 놈이 낫다

 **무슨 뜻일까?**

어차피 겪어야 할 일이라면 아무리 힘들고 괴롭더라도 먼저 하는 것이 낫다는 말이에요.

 **이렇게 사용해**

발표 순서를 정해야 하는데 모두 눈치만 보고 있는 것이 아니겠어요? 매도 먼저 맞는 놈이 낫다고 생각해서 제가 제일 먼저 번쩍 손을 들었어요.

 **다른 말이 있어!**

'양손의 떡'은 두 가지 일이 똑같이 있는데 무엇부터 먼저 해야 할지 모르는 경우를 말해요.

우리 주사위 놀이 할까?

잘 안해봤지만 재미있어 보이네.

우리 집에선 추석 때 많이 해.

이기면 떡볶이 쏠거야?

떡볶이는 봐서⋯.
얘들아,
주사위 놀이 같이 할 사람?

나!

무슨 내기 할거야?

내기해서 지는 팀이 이마 맞기!

걱정마세요.
우리가 이기니까.

아싸!
이마
대령하시고.

얍!

하하하

걸렸다!

알았어!
매도 먼저 맞는 놈이 낫다는데,
내 이마에 살살 부탁!

# 41

## 먼 사촌보다 가까운 이웃이 낫다

### 무슨 뜻일까?

이웃끼리 서로 친하게 지내다 보면 잘 못 만나는 먼 곳에 있는 사촌이나 친척보다 더 친하게 된다는 뜻이에요.

### 이렇게 사용해

먼 사촌보다 가까운 이웃이 낫다고, 할머니께서 쓰러지셨을 때 옆집 아주머니께서 금방 발견하셔서 얼마나 다행인지 모른다.

### 비슷한 말이 있어!

'가까이 앉아야 정이 두터워진다'는 서로 가까이 있으면서 자주 만나야 정이 깊어진다는 말이에요.

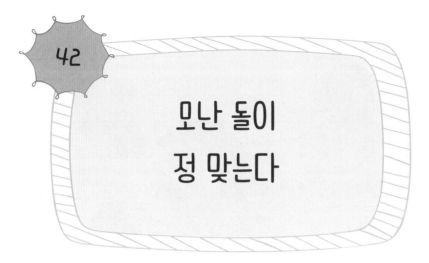

42

# 모난 돌이 정 맞는다

6-1 과학 1단원 지구와 달의 운동

 **무슨 뜻일까?**

뾰족하게 모난 돌을 망치로 내리쳐서 둥글게 만드는 것처럼 성격이든 능력이든 눈에 띄는 사람이 남에게 미움을 받게 된다는 뜻이에요.

 **이렇게 사용해**

모난 돌이 정 맞는다고 하니까, 너무 말대꾸만 하지 말고 신중하게 행동하도록 해라.

 **비슷한 말이 있어!**

'촉석봉정(矗石逢釘)'은 모난 돌이 정 맞는다를 사자성어로 나타낸 말이에요.

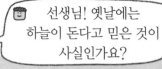

선생님! 옛날에는 하늘이 돈다고 믿은 것이 사실인가요?

처음에는 사람들이 천동설과 지동설을 모두 생각했었단다. 그런데 천동설이 강하게 주장되면서 다들 그렇게 믿기 시작한 것이지.

천동설

지동설

아주 옛날에는 하늘이 빙글빙글 돈다고 생각했단다.

언제부터 지구가 돈다는 것을 알게 된 거예요?

그럼 어떻게 지동설을 다시 믿게 된 거예요?

코페르니쿠스라는 학자가 지동설을 다시 주장했지.

하지만 모난 돌이 정 맞을까 발표하기를 꺼렸대.

그랬구나….

결국 제자와 함께 지동설을 책으로 발표했지. 갈릴레이, 케플러도 지동설을 발전시켰어.

그럼 우리도 강력하게 주장할 땐 해야겠네요?

그래, 그런데 숙제부터 하고!

# 43

# 모로 가도
# 서울만 가면 된다

## 무슨 뜻일까?

어떤 길로 가든 서울로 가기면 하면 되는 것처럼, 어떤 방법을 써서라도 목적을 이루면 된다는 말이에요.

## 이렇게 사용해

<u>모로 가도 서울만 가면 된다</u>는데, 책을 결말부터 읽어도 다 읽기만 하면 되는 거 아니야?

## 비슷한 말이 있어!

'꿀은 적어도 약과만 달면 쓴다'는 힘이나 재료는 적게 들더라도 이익만 많이 얻을 수 있으면 된다는 말로, 어쨌든 목표를 이루면 된다는 말이에요.

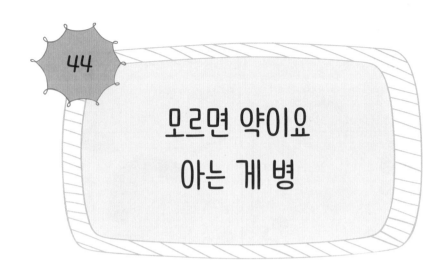

# 모르면 약이요
# 아는 게 병

 **무슨 뜻일까?**

무엇인가 알고 있으면 걱정거리가 많아, 차라리 아무것도 모르는 것이 마음이 편하다는 것을 말해요.

 **이렇게 사용해**

**모르면 약이요 아는게 병**이라더니, 사진을 잘 찍는다고 자꾸 친구들한테 불려다니니 피곤하다.

 **다른 말이 있어!**

'아는 것이 힘이다'는 말은 많이 알수록 좋다는 뜻이에요.

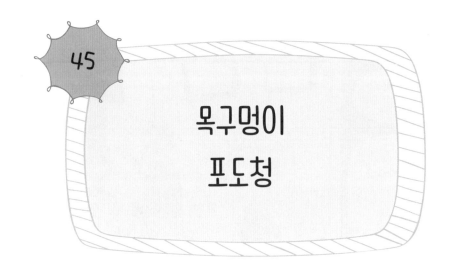

**45**

# 목구멍이
# 포도청

## 무슨 뜻일까?

옛날 포도청은 지금의 경찰서와 같은 곳이에요. 먹고살기 위해서 나쁜 짓을 했기 때문에 포도청에 잡혀 갔다는 뜻이 들어 있는데, 먹고살기 위해 수단과 방법을 가리지 않는다는 뜻도 있어요.

## 이렇게 사용해

아무리 <u>목구멍이 포도청</u>이라고 하지만 먹고살기 위해서 다른 사람에게 사기를 치거나 물건을 훔치는 짓은 안 되지.

## 비슷한 말이 있어!

'가난 구제는 나라도 못 한다'는 남의 가난한 살림을 도와주기는 끝이 없어서, 나라의 힘으로도 해결하기 어렵다는 말이에요.

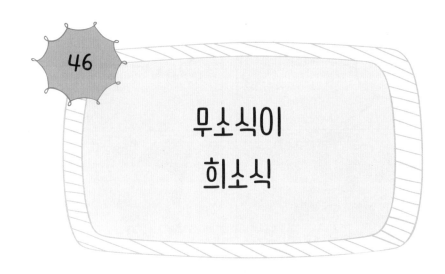

# 46

# 무소식이
# 희소식

 **무슨 뜻일까?**

어렵거나 필요한 일이 있으면 얘기를 할텐데 소식이 없는 것은 무사히 잘
있다는 말이니, 그것이 좋은 소식이나 마찬가지라는 말을 뜻해요.

 **이렇게 사용해**

무소식이 희소식이라지만, 군대에 간 형한테서 연락이 없어 걱정이 된다.

 **다른 말이 있어!**

'발 없는 말이 천리 간다'는 말이란 순식간에 멀리까지 퍼져 나가므로
말을 조심해야한다는 뜻이에요.

다녀 왔습니다~

삼촌!

무소식이 희소식이라지만, 연락도 없이!

하하

여행한 곳 중에 어디가 가장 좋았어요?

산티아고 순례길에서 고생한 게 기억에 남네.

산티아고 순례길?

멀고도 먼 산티아고 순례길을 묵묵히 걷는 게 힘들었어.

A SANTIAGO 576 km

혼자서 780km나?

응, 순례길이지만 여행객도 많았어.

차를 타고 가면 될 텐데.

걸으면서 생각들을 정리하는 거지.

헤헤, 난 편한 게 좋은데.

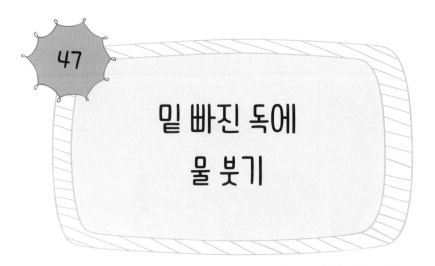

**47**

# 밑 빠진 독에
# 물 붓기

3학년 도덕 6단원 생명을 존중하는 우리

 **무슨 뜻일까?**

바닥에 구멍이 난 항아리에 아무리 물을 부어도 물이 채워질 수 없는 것
처럼 아무리 노력해도 나아지지 않는 상황을 뜻하는 말이에요.

 **이렇게 사용해**

열심히 공부했는데도 시험 점수가 엉망이어서, 꼭 <u>밑 빠진 독에 물 붓</u>
<u>는</u> 기분이다.

 **비슷한 말이 있어!**

'부러진 칼자루에 옻칠하기'는 부러진 칼 손잡이에 옻칠을 해서 반짝이
게 하는 것처럼, 소용없는 일에 힘을 쓰는 경우를 말해요.

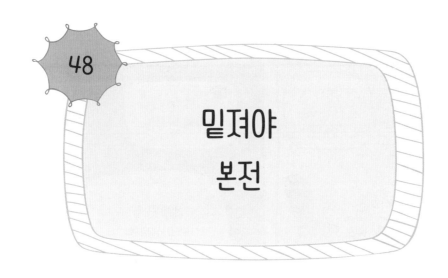

# 밑져야
# 본전

 **무슨 뜻일까?**

본전이란 장사나 사업을 시작할 때 들어간 돈을 뜻하는데, 사업을 하면서 이득을 보지 못했으나 본전이 남아 있으므로 일이 잘못되어도 손해 볼 것이 없다는 말이에요.

 **이렇게 사용해**

같이 과학경시대회에 나가는 친구들에게, **밑져야 본전**이니, 일단 열심히 해 보자고 격려했다.

 **다른 말이 있어!**

'밑천도 못 건지는 장사'는 어떤 이익을 얻으려고 시작한 일이, 도리어 손해만 보게 된 경우를 뜻해요.

머리핀을 집으로 바꾼 사람 얘기 들었어?

정말? 어떻게 그런 일이?

보 어린이 보호구역

어린이 보호구역

스키퍼라는 미국인이 머리핀 하나를 연달아 거래해서 집으로 바꿨대.

정말 대단하다. 그게 가능해?

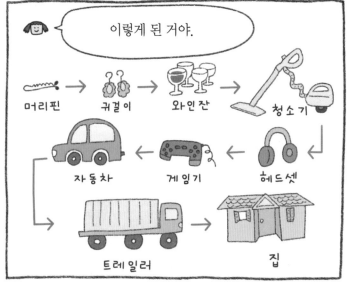

이렇게 된 거야.

머리핀 → 귀걸이 → 와인잔 → 청소기

자동차 ← 게임기 ← 헤드셋

트레일러 → 집

와, 어떻게 그렇게 될 수 있지?

물론 우여곡절이 많았대.

나 같으면 중간에 포기했을 거야.

그러게. 밑져야 본전이라고 해 본 일일텐데…. 그렇게 힘들 줄은 몰랐겠지?

그런데 그렇게 힘들게 얻은 집을 기부하기로 한 건 더 대단해.

# 49

# 바다는 메워도
# 사람의 욕심은 못 채운다

## 무슨 뜻일까?

바다의 일부분을 메워서 땅을 만들 수는 있지만, 사람의 욕심은 끝이 없어 끝내 채울 수가 없다는 말이에요.

## 이렇게 사용해

<u>바다는 메워도 사람의 욕심은 못 채운다</u>더니, 만 원이나 용돈이 올랐지만 부족하게 느껴져요.

## 비슷한 말이 있어!

'되면 더 되고 싶다'라는 말도 사람의 욕심이 끝이 없어, 어떠한 일을 이루면 더 큰 일을 이루고 싶다는 말이에요. '아홉 가진 놈이 하나 가진 놈 부러워한다' 역시 사람의 욕심을 뜻하는 속담이에요.

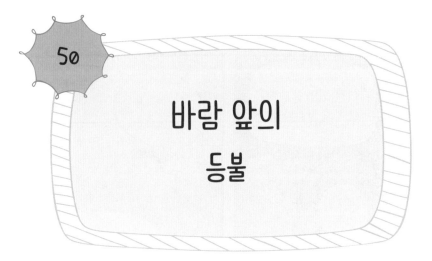

# 50

# 바람 앞의
# 등불

3학년 도덕 6단원 생명을 존중하는 우리

 **무슨 뜻일까?**

바람 앞에 있는 등불은 언제 꺼질지 모르는 위태로운 처지예요. 이처럼 매우 위태로운 처지에 놓여 있는 상태를 말해요.

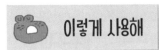 **이렇게 사용해**

위기에 처한 주인공은 그만 **바람 앞의 등불** 신세가 되었다.

 **비슷한 말이 있어!**

같은 뜻의 사자성어로는 '풍전등화(風前燈火)'가 있어요. '칼날 위에 섰다'라는 말도 매우 위태로운 처지에 놓인 것을 뜻하는 말이에요.

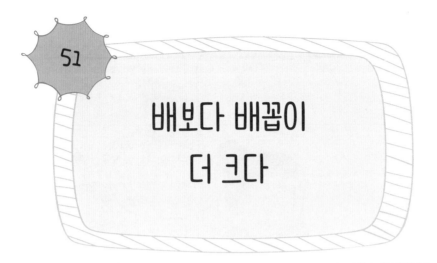

## 51 배보다 배꼽이 더 크다

6-1 국어 5단원 속담을 활용해요

### 무슨 뜻일까?

배 부위에 있는 배꼽이 배보다 더 크다는 말은 원래 있던 기본보다 덧붙인 것이나 부가적인 것이 더 커진 것을 말해요.

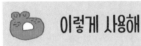

### 이렇게 사용해

오랜만에 떡볶이를 시켜 먹으려는데, 떡볶이값은 오천 원인데 배달비가 육천 원이에요. 배보다 배꼽이 더 크네요!

### 비슷한 말이 있어!

'발보다 발가락이 더 크다'도 주된 것보다 그에 따르는 것이 더 크다는 뜻이에요. '주객전도(主客顛倒)' 역시 주인과 손님의 처지가 뒤바뀐다는 뜻으로, 비슷하게 사용할 수 있어요.

브라질에서는 포르투갈어를 사용하는 사람이
브라질어를 사용하는 사람보다
20배나 더 많다고?

포르투갈

브라질

저 끝에는
무엇이
있을까?

아무데나
깃발 꽂아 봐!
여기는 내 땅!

내 땅!

여기 브라질은 이제부터
포르투갈이 지배한다!

친구인 줄
알았는데…

이제부터 브라질에서 사용하던
투피어는 금지한다!
포르투갈어만 사용하도록 해라!

280년 동안
지배

나 퐁발 후작!

〈포르투갈 인구수〉
약 1016만 명

〈브라질 인구수〉
약 2억 1642만 명

배보다 배꼽이
더 큰 셈이네요.

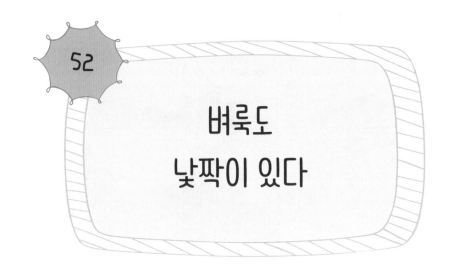

# 52

## 벼룩도 낯짝이 있다

 **무슨 뜻일까?**

아주 작은 벼룩도 얼굴이 있어 체면이 있는데, 하물며 사람이 체면이 없어서야 되겠냐는 뜻이에요.

 **이렇게 사용해**

<u>벼룩도 낯짝이 있다</u>는데, 또 돈을 빌려 달라고?

 **다른 말이 있어!**

'체면 차리다 굶어 죽는다'는 말은 지나치게 체면만 차리다가 결국 먹을 것도 못 먹고 손해만 보게 되는 경우를 말해요.

뭐 만들어?

모기 퇴치제!

나도 하나 만들어 주라!

지난번 조개 팔찌랑 부채도 그렇고, 벼룩도 낯짝이 있는데 계속 달라고만 하면 어떡해?

네가 워낙 잘 만드니까….

됐어! 이번에는 직접 네가 만들어 봐!

내가?

자꾸 만들어 봐야 잘 하는 거야~

모기퇴치제 만드는 방법

자, 천연 모기 퇴치제 만드는 방법을 알려 줄게.
잘 봐!

준비물:
정제수, 에탄올, 시트로넬라 오일, 아로마 오일, 스프레이 용기

1. 컵에 정제수 50ml, 에탄올 30ml, 시트로넬라 오일 3ml를 넣어 섞는다.
2. 스프레이 용기에 담는다.
3. 아로마 오일을 두세 방울 넣고 잘 흔들어 완성한다!

끝!

와아~!

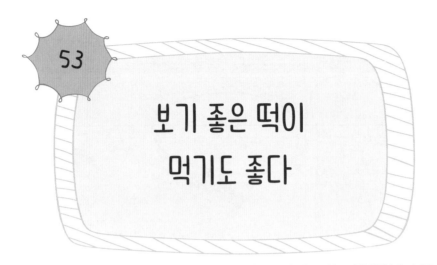

53

# 보기 좋은 떡이
# 먹기도 좋다

(동아출판) 5학년 미술 8단원 생활속의 디자인

내용물뿐만이 아니라 겉모습이 좋으면 더 좋아 보이니 겉모습을 잘 만드는 것이 좋다는 말이에요.

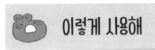

보기 좋은 떡이 먹기도 좋다는데, 선물을 더 예쁜 상자에 담으면 더 좋아 보일 거야.

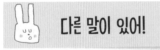

'뚝배기보다 장맛이 좋다'는 말은 겉모양이 좋아 보이지 않아도 내용은 훌륭하다는 말이에요.

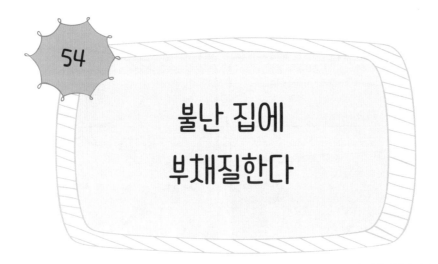

## 54

# 불난 집에
# 부채질한다

5-1 국어 1단원 대화와 공감

 **무슨 뜻일까?**

불난 데 부채질을 하면 더 불길이 거세지겠죠? 마찬가지로 화가 났을때 더 화나게 만드는 상황을 말해요.

 **이렇게 사용해**

동생이 화가 난 어머니께 계속 말대답을 하네요. 불난 집에 부채질하는 격이네요.

 **비슷한 말이 있어!**

'엎친 데 덮친다'라는 말은 어렵거나 불행한 일이 겹쳐 일어난다는 말이에요.

# 55

# 산 사람 입에
# 거미줄 치랴

### 무슨 뜻일까?

아무리 살기 어려워도 사람은 죽지 않고 그럭저럭 먹고 살아가기 마련이
라는 뜻이에요.

### 이렇게 사용해

산 사람 입에 거미줄 치겠니? 다 방법이 있을 거야.

### 비슷한 말이 있어!

'가난도 스승이다'는 가난하면 극복하려는 의지와 노력이 생기므로 가
르침을 주는 스승과도 같다는 말이에요.

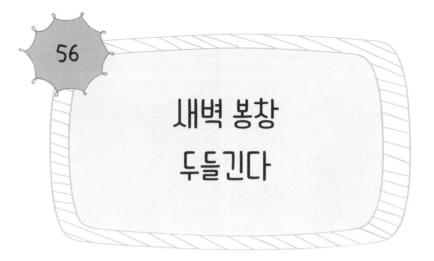

## 56

# 새벽 봉창 두들긴다

 **무슨 뜻일까?**

새벽에 갑자기 남의 집 창문을 두들겨 놀라 깨게 하는 것처럼 너무나 뜻밖의 일이나 말을 뜻하는 속담이에요.

 **이렇게 사용해**

엉뚱한 수연이는 자꾸 <u>새벽 봉창 두드리는</u> 소리를 한다.

 **비슷한 말이 있어!**

'아닌 밤중에 홍두깨'는 별안간 엉뚱한 말이나 행동을 할 때 사용하는 말이에요.

122

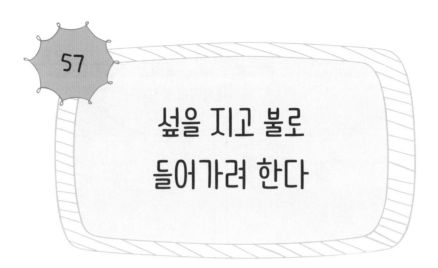

# 57

# 섶을 지고 불로
# 들어가려 한다

 **무슨 뜻일까?**

섶은 잔가지와 같은 땔나무를 말해요. 그것을 등에 메고 불로 들어간다는 뜻으로 위험을 자초하는 어리석은 경우를 뜻하는 속담이에요.

 **이렇게 사용해**

바닥에 금이 가 있는 얼음 호수 위를 걸어가는 것은 <u>섶을 지고 불로 들어가는</u> 것과 마찬가지야!

 **비슷한 말이 있어!**

'포신구화(抱薪救火)'는 섶을 안고 불을 끄는 것처럼 해결하려다가 더 큰 화를 불러일으킨다는 뜻이에요.

# 소 닭 보듯

(동아출판, 미래엔) 5학년 실과 3단원 가정생활과 안전

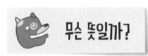 **무슨 뜻일까?**

서로 무심하게 보는 상황을 말해요.

 **이렇게 사용해**

지영이와 우진이는 평소엔 서로를 <u>소 닭 보듯</u> 하더니, 무슨 일인지 크게 다투었다.

 **비슷한 말이 있어!**

'사돈네 쉰 떡 보듯'은 남의 일에 아무 관심도 없이 대하는 것을 말해요.

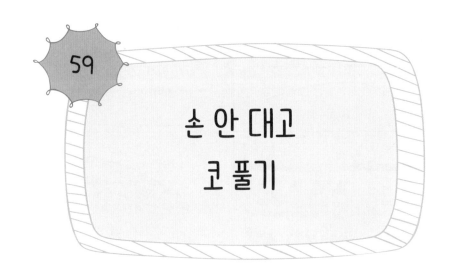

# 59

## 손 안 대고
## 코 풀기

 **무슨 뜻일까?**

손조차 사용하지 않고 코를 푸는 것처럼 일을 힘들이지 않고 아주 쉽게
해치우는 경우를 말해요.

 **이렇게 사용해**

연산 게임의 여왕 혜미는 <u>손 안 대고 코 풀</u> 듯 쉽게 암산을 한다.

 **비슷한 말이 있어!**

'마른나무 꺾듯 한다'는 말은 마른나무가 잘 꺾이는 것처럼 일을 쉽게
해치운다는 말이에요.

와, 진짜 맛있다.

그러게. 집에서 먹는 라면이랑 맛이 다른 것 같아.

며칠뒤

행복아파트

15동

저번에 라면 진짜 맛있었는데.

저번에 내가 끓여 준 그 라면 비법 알려 줄까?

라면

물 450ml만 넣고, 딱 3분 30초만 끓여 봐. 불을 끄고, 30초 뒤에 먹으면 돼!

3분 30초 뒤…

하하 이제 알았어?

진짜 그 맛이네! 그런데 너 손 안 대고 코 풀고 있잖아!

맛있는 거 먹는데 코 푸는 얘긴 좀….

## 60

# 손이 발이
# 되도록 빌다

### 무슨 뜻일까?

용서해 달라고 간절히 비는 모양새를 말해요.

### 이렇게 사용해

지난번 사고 친 것 때문에 <u>손이 발이 되도록 빌어서</u> 겨우 용서를 받았다.

### 비슷한 말이 있어!

'비는 데는 무쇠도 녹는다'는 잘못을 뉘우치고 진심으로 사과하면 아무리 쇠처럼 단단하고 완고한 사람도 용서해 준다는 말이에요.

# 61

# 손톱 밑의 가시

3학년 도덕 6단원 생명을 존중하는 우리

## 무슨 뜻일까?

손톱 밑에 가시가 끼어 있으면 매우 아프고 신경이 쓰이는 것처럼 마음에 걸리는 것이 있고 꺼림칙한 상황을 말해요.

## 이렇게 사용해

저번에 희정이랑 싸운 일이 늘 **손톱 밑의 가시**처럼 마음에 쓰여.

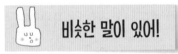

## 비슷한 말이 있어!

'**똥 누고 밑 아니 씻은 것 같다**'는 뒤처리가 깨끗하지 않아 꺼림칙한 마음이 든다는 뜻이에요.

132

하지마! 잔인하잖아!

뭐 어때?

곤충도 고통을 느낀대.

아프면 소리를 지르겠지.

선생님께 여쭤 보자!

그래, 좋아.

교무실

선생님, 동물들도 고통을 느끼나요?

그럼, 실험으로도 증명됐단다.

수조 양쪽에 숨을 곳을 만들고 한쪽에 전기를 흘려보내 봤더니,

게들이 다른 쪽으로 몰려 갔단다. 고통을 느낀다는 뜻이지.

그건 생각 못했어요. 손톱 밑의 가시처럼 마음이 불편해지네요.

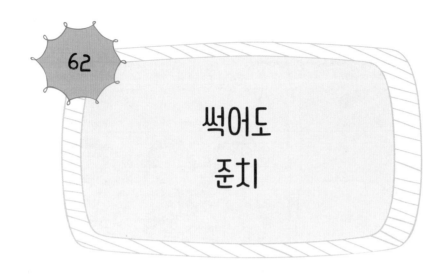

## 62

# 썩어도
# 준치

 **무슨 뜻일까?**

준치는 워낙 맛이 좋은 생선이라, 다소 상해도 맛이 좋다고 해요. 이처럼
훌륭한 것은 비록 상해도 원래의 훌륭함을 지니고 있다는 말이에요.

 **이렇게 사용해**

**썩어도 준치**라고, 병원에 오래 입원해 있었지만 저 친구는 평소엔 건강
이 좋아서인지 여전히 운동을 잘하네.

 **비슷한 말이 있어!**

'물어도 준치 썩어도 생치'는 본래 좋고 훌륭하던 것은 비록 상했어도
어딘가 다르다는 말이에요.

63

# 씨를 뿌리면
# 거두게 마련이다

 **무슨 뜻일까?**

씨를 뿌리면 무엇인가 열매가 나기 마련이죠. 이처럼 열심히 일한 보람이
나 노력은 꼭 좋은 결과로 나타나게 된다는 말이에요.

 **이렇게 사용해**

씨를 뿌리면 거두게 마련이라, 열심히 공부했더니 영어 말하기 대회
에서 상을 받았다.

 **비슷한 말이 있어!**

'뿌린대로 거둔다'라는 말은 모든 일은 원인에 따라 결과가 나타난다는
말이에요. 사자성어로는 '인과응보(因果應報)'이고요.

이제 살 날이 별로 안 남았구나.

아이들을 불러 주시오.

포도밭에 보물을 숨겨 두었으니 각자 찾아보거라.

흑 흑 흑!

도저히 찾을 수가 없네!

여기도 파 보자.

보물이 있긴 한 거야?

포도나무 뿌리만 괴롭혔구나.

에이, 공쳤네!

괜히 밭만 엉망이 됐어.

우와, 포도가 엄청 많이 열렸어.

우리가 땅을 갈아엎은 덕분이야.

씨를 뿌리면 거두게 마련이구나! 이것이 아버지의 보물인가 봐.

그해 여름

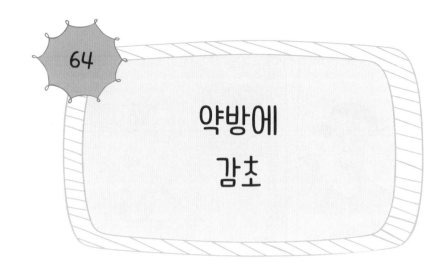

# 약방에 감초

 **무슨 뜻일까?**

한약에는 감초라는 약초가 많이 들어가서, 한약방에는 감초가 꼭 준비되어 있대요. 감초와 같이 어떤 일에 빠짐없이 끼는 경우를 가리킬 때 쓰는 말이에요.

 **이렇게 사용해**

우리 반 반장 규현이는 **약방에 감초**라 학교 행사라면 다 참석한다.

 **비슷한 말이 있어!**

'탕약에 감초 빠질까'는 무슨 일에나 빠짐없이 끼어드는 사람을 놀리듯이 말하는 속담이에요.

결국 저 배우가 상을 타는구나!

유명한 배우예요?

약방에 감초처럼 등장하는 조연 배우야.

어떤 영화에 나왔어요?

저번에 봤던 '우리 별'에도 나왔지.

카메오로 나왔었어.

기억이 잘….

카메오가 뭐예요?

특별 출연이라는 거야.

근데 수상 소감 너무 길어서 지루해요.

그래서 요즘은 소감이 3분을 넘어가면 음악을 튼대.

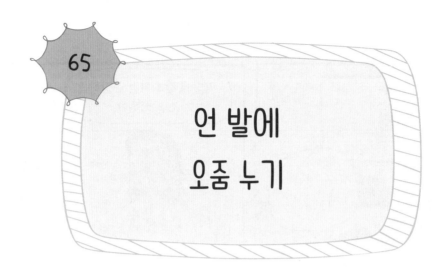

# 65

# 언 발에
# 오줌 누기

## 무슨 뜻일까?

발이 얼어붙었는데, 그 위에 오줌을 누어 봤자 발이 녹지 않고 냄새만 나게 되는 것처럼 잠깐의 효과만 있을 뿐 효과가 오래가지 않는 상황을 말해요.

## 이렇게 사용해

배가 고파서 사탕을 먹었더니, <u>언 발에 오줌 눈</u> 격으로 더 허기가 졌다.

## 비슷한 말이 있어!

'아랫돌 빼서 윗돌 괴기' 또는 '윗돌 빼서 아랫돌 괴기'는 일이 매우 급해서 주먹구구로 일하는 경우를 말해요.

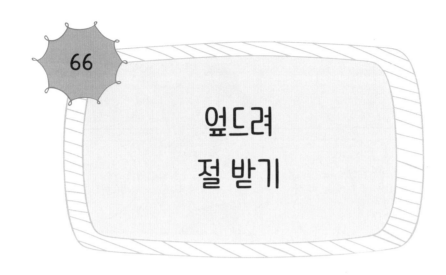

# 엎드려
# 절 받기

 **무슨 뜻일까?**

상대는 생각하지도 않았는데 억지로 요구하여 대접을 받는 상황을 뜻해요.

 **이렇게 사용해**

중학생이 된 누나는 고집을 부린 끝에 <u>엎드려 절 받기</u>로 어린이날 선물
을 받았다.

 **비슷한 말이 있어!**

'옆찔러 절받기'도 상대방이 모르고 있거나 할 생각도 없었는데, 스스로
말하여 대접을 받는 경우를 말해요.

# 엎어져도 코가 깨지고 자빠져도 코가 깨진다

### 무슨 뜻일까?

일이 안 되는 경우에는 어떻게 해도 잘 안 풀리고 뜻밖의 불행도 생긴다는 말이에요.

### 이렇게 사용해

엎어져도 코가 깨지고 자빠져도 코가 깨진다더니, 내일이 시험인데 교과서를 학교에 두고 왔다.

### 비슷한 말이 있어!

'계란유골(鷄卵有骨)'은 계란이 곯았다는 뜻으로 운이 나쁜 사람은 좋은 기회가 있어도 역시 일이 잘 안된다는 말이에요.

# 68

# 염불에는 맘이 없고
# 잿밥에만 맘이 있다

## 무슨 뜻일까?

자기가 맡은 일에는 정성을 들이지 않고, 이득에만 정신이 팔리는 경우를
말해요.

## 이렇게 사용해

**염불에는 맘이 없고 잿밥에만 맘이 있던** 나는 삼촌의 결혼식보다 맛
있는 피로연 메뉴가 더 중요했다.

## 비슷한 말이 있어!

'제사보다 잿밥에 정신이 있다'도 같은 말이에요. 차이가 있다면 염불
과 잿밥은 불교에서, 제사와 젯밥은 유교에서 쓰는 단어랍니다.

69

# 옥에도
# 티가 있다

 **무슨 뜻일까?**

아주 좋은 것에도 사소한 흠이 있을 수 있다는 것을 말해요.

 **이렇게 사용해**

그 친구는 성격도 좋고, 공부도 잘하는데 글씨를 잘 못 쓰는 게 **옥에 티**야.

**다른 말이 있어!**

'**옥에는 티나 있지**'는 옥에 있는 티조차 없다는 말로, 조그마한 흠조차
전혀 없는 경우를 말해요.

**70**

# 우물을 파도
# 한 우물을 파라

6-1 국어 5단원 속담을 활용해요

## 무슨 뜻일까?

많은 일을 한꺼번에 진행하거나, 일을 자주 바꾸어 하면 힘들기만 하고 얻는 것이 적을 수 있어요. 이처럼 어떠한 일이든 한 가지 일을 집중해서 끝까지 하여야 성공한다는 뜻이에요.

## 이렇게 사용해

<u>우물을 파도 한 우물을 파야</u> 잘 익힐 수 있을 텐데, 이러다가 아무것도 제대로 배우지 못한다.

## 비슷한 말이 있어!

'계이불사(鍥而不舍)'라는 말은 새기다가 중단하지 않는다는 말로 한번 마음만 먹으면 인내심을 갖고 일을 계속한다는 뜻이에요.

## 71

# 울고 싶자
# 때린다

### 무슨 뜻일까?

무슨 일을 하고 싶은데 마땅한 구실이 없어 못 하다가 때마침 누군가 때려 울게 되는 것과 같은 핑계가 생기는 경우를 말해요.

### 이렇게 사용해

안 그래도 공부하기 싫었는데 울고 싶자 때린다고 마침 눈이 오네요. 눈 핑계를 대고 학교에 일부러 천천히 갔어요.

### 비슷한 말이 있어!

'활을 당기어 콧물을 씻는다'는 활줄을 코 앞으로 당기면서 콧물을 씻을 때처럼 꼭 하고 싶은 일이 있던 차에 좋은 핑계가 생겨서 그 기회에 함께 해치우는 것을 말해요.

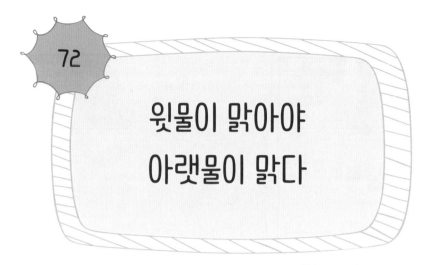

# 72

# 윗물이 맑아야
# 아랫물이 맑다

5학년 도덕 1단원 바르고 떳떳하게

 **무슨 뜻일까?**

윗사람이 잘해야 아랫사람도 잘한다는 말이에요.

 **이렇게 사용해**

<u>윗물이 맑아야 아랫물이 맑다</u>는데, 어른들이 모범이 되지 못하니 민망하다.

 **비슷한 말이 있어!**

'정수리에 부은 물이 발뒤꿈치까지 흐른다'는 말은 머리 위에 부은 물이 자신의 발 뒤로까지 흐르는 것처럼, 윗사람이 한 일은 좋은 일이나 나쁜 일이나 아랫사람에게 영향을 준다는 말이에요.

**73**

# 이기는 것이
# 지는 것

(동아출판) 5학년 실과 4단원 생활 속 자원 관리
(미래엔) 5학년 실과 5단원 나의 생활 관리

 **무슨 뜻일까?**

계속해서 싸워 이겨 봐야 좋게 끝나는 것이 아니니, 빨리 지는 척하고 그만두는 것이 낫다는 말이에요.

 **이렇게 사용해**

<u>이기는 것이 지는 것</u>이라는 말처럼 적당히 양보하고 시간을 아낄걸…….

 **비슷한 말이 있어!**

'지는 게 이기는 게다'라는 말은 수준 낮은 상대에게 양보하는 것이 오히려 도덕적으로 이기는 것이나 마찬가지라는 뜻이에요.

휴, 오늘도
두 분이
다투시네요.

< 미니멀 >          < 맥시멀 >

엄마는
미니멀
라이프

아빠는
맥시멀
라이프예요.

왜 다투세요?

물건이
가득해서
집이 좁게
느껴져요.

물건은
언젠가 쓰게
마련이에요.

언제 한 번
쓰려고 물건을
쌓아놔요?

어느
한쪽 편을
들 수가 없네요.

미안해요.
대신 좋은 물건을 오래 써요.

알겠어요.
고마워요.

이기는 게
지는 거라더니,
멋져요!

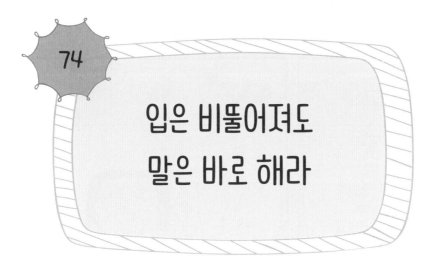

**74**

# 입은 비뚤어져도 말은 바로 해라

6-1 국어 5단원 속담을 활용해요

 **무슨 뜻일까?**

어떤 상황에서든지 정직하고 바르게 말을 해야 한다는 뜻이에요.

 **이렇게 사용해**

<u>입은 비뚤어져도 말은 바로 하랬다고</u>, 내가 언제 여행이 싫다고 했어요? 여행도 좋지만 집이 편하다고 했지요.

 **비슷한 말이 있어!**

'입은 비뚤어져도 주라는 바로 불어라'에서의 '주라'는 소라껍데기로 만든 관악기를 말하는데, 역시 어떤 상황에서든지 바르게 말을 하라는 뜻이에요.

세상에서 가장 아름다운 옷을 만들어 드리겠습니다!

딱 한가지! 그 옷감은 착한 사람 눈에만 보인답니다.

완성했습니다!

흐음...

옷이 아주 멋지군!

착한 사람 눈에만 보인대요.

어이쿠, 임금님, 멋지십니다!

창피해요! 입은 비뚤어져도 말은 바로 하랬다고요!

임금님은 발가벗고 있다고요!

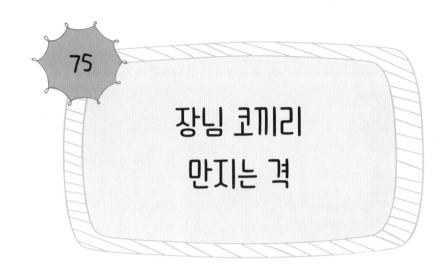

# 장님 코끼리 만지는 격

 **무슨 뜻일까?**

일부분만 알면서도 전체를 아는 것처럼 행동하는 어리석은 상황을 말해요.

 **이렇게 사용해**

덕수궁만 보고 고궁의 멋을 이해하려 하는 것은 <u>장님 코끼리 만지는 격</u>이다.

 **비슷한 말이 있어!**

'바늘구멍으로 하늘 보기'는 전체를 보지 못하고 좁은 생각이나 의견을 내는 것을 말해요.

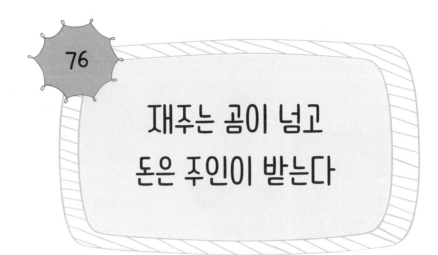

# 재주는 곰이 넘고
# 돈은 주인이 받는다

76

6-2 사회 2단원 통일 한국의 미래와 지구촌의 평화
6학년 도덕 4단원 공정한 생활

 **무슨 뜻일까?**

고생한 사람은 따로 있고 대가나 덕을 다른 사람이 받는다는 말이에요.

 **이렇게 사용해**

재주는 곰이 넘고 돈은 주인이 받는다는 말처럼 우리가 고생해서 보고서를 썼는데 발표한 시한이만 칭찬받았다.

 **비슷한 말이 있어!**

'한 냥 추렴에 닷 돈 낸다'는 치러야 할 건 치르지 않고 여럿이 하는 일에 염치없이 참가해 이득을 얻는 것을 말해요.

162

뭐 먹고 있어?

공정 무역 초콜릿.
먹어 볼래?

음, 맛있다!

조금 비싸긴 한데,
카카오 열매를
재배하는
농민들을
위한 거래.

음~맛있어~

근데, 공정 무역이
무슨 말이야?

일반 초콜릿을 사면 재주는 곰이
넘고 돈은 주인이 받는 것처럼
중간에 다른 사람들이 돈을 번대.

다른 사람들?

큰 제조 기업,
거대 유통업체
말이야.

더 먹어

진짜 고생해서
카카오를 재배한 사람들은
아주 조금만 벌 수 있대.

요만~큼

진짜
너무하다.

그래서 재배한
사람들에게
이익이 많이
돌아가는
공정 무역 제품을
많이 쓰려고.

# 77

## 적을 알고 나를 알면 백 번 싸워 백 번 이긴다

(동아출판) 6학년 실과 4단원 프로그래밍과 소통
(미래엔) 6학년 실과 3단원 생활과 소프트웨어

 **무슨 뜻일까?**

적에 대해 잘 알고 자신의 능력을 잘 알면 싸움에서 언제나 이길 수 있다는 말이에요.

 **이렇게 사용해**

적을 알고 나를 알면 백 번 싸워 백 번 이긴다는 말이 있듯이, 상대 선수를 잘 분석하면 승산이 있을 것이다.

 **비슷한 말이 있어!**

'지피지기(知彼知己)는 백전백승(百戰百勝)'이라는 말은 상대와 나의 능력을 잘 알면 백번 싸워 백번 다 이길 수 있다는 말이에요.

**78**

# 제 버릇
# 개 줄까

5학년 도덕 2단원 내 안의 소중한 친구
(동아출판) 5학년 보건 5단원 정신 건강
(YBM) 5학년 보건 2단원 생활 속의 건강한 선택

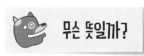 **무슨 뜻일까?**

나쁜 버릇은 쉽게 고치기 어렵다는 말이에요.

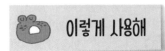 **이렇게 사용해**

제 버릇 개 줄까? 여전히 밥 먹을 때 다리를 떠는구나!

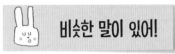 **비슷한 말이 있어!**

'세 살 적 버릇이 여든까지 간다'는 어릴 때 몸에 밴 버릇은 쉽게 고쳐
지지 않으므로 어릴 때부터 좋은 습관을 들이고 나쁜 버릇이 들지 않도록
해야 한다는 말이에요.

# 79

# 종로에서 뺨 맞고
# 한강에서 눈 흘긴다

## 무슨 뜻일까?

화가 난 사람한테는 아무 말도 못 하고 다른 데서 화풀이를 할 때 쓰는 말이에요.

## 이렇게 사용해

왜 종로에서 뺨 맞고 한강에서 눈 흘기니? 선생님한테 혼난 걸 나에게 화풀이하지 마.

## 비슷한 말이 있어!

'노갑이을(怒甲移乙)'은 어떤 사람에게 화난 것을 애꿎은 다른 사람에게 화풀이한다는 말이에요.

# 80

# 중이 절 보기 싫으면
# 떠나야지

6-2 사회 2단원 통일 한국의 미래와 지구촌의 평화
6학년 도덕 6단원 함께 살아가는 지구촌

 **무슨 뜻일까?**

어떤 곳이 싫어지면, 싫어하는 그 사람이 떠나야 한다는 말이에요.

 **이렇게 사용해**

중이 절 보기 싫으면 떠나야지, 우리 규칙을 지키기 싫으면 다른 동아
리에 들어가.

 **비슷한 말이 있어!**

'평안 감사도 저 싫으면 그만이다'는 평안 감사와 같이 좋은 자리도 자
기가 싫으면 할 수 없다는 말이에요.

도심 공원을 없애자, 없애자!

중이 절 보기 싫으면 떠나야지. 도시에 공원이 있는 우리 고향이 싫으면 떠나면 되잖아.

그런데, 이민 자체가 어려운 사람들도 있어.

몇 년 전부터 시위야.

아직도 난리네.

왜? 비행기 타면 되잖아.

비행기를 어떻게 타? 자유롭게 다니는 것조차 불가능한 나라도 있어.

그렇구나...

몰래 배를 타고 도망치다 난민들이 목숨을 잃기도 했고.

그러니까, 너무 안됐어.

나라를 탈출하는 데 목숨을 거는구나.

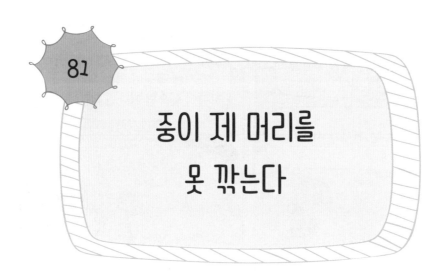

# 81

## 중이 제 머리를 못 깎는다

 **무슨 뜻일까?**

아무리 능력이 좋아도 자신에 관한 일은 스스로 해결하기 어렵다는 뜻이에요.

 **이렇게 사용해**

<u>중이 제 머리 못 깎는다</u>고, 요리사인 아빠는 집에서 배달 음식만 시켜먹는다.

 **비슷한 말이 있어!**

'의사가 제 병 못 고친다'는 말도 자기 스스로 해결하기 어려워, 남의 손을 빌려야만 이루기 쉽다는 뜻이에요.

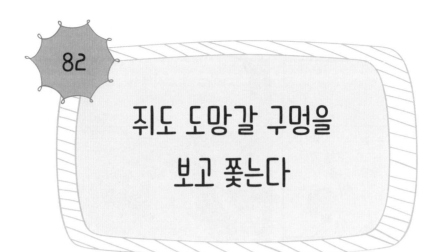

82

# 쥐도 도망갈 구멍을
# 보고 쫓는다

 **무슨 뜻일까?**

도망갈 곳이 없으면 크게 반항하여 피해를 입을 수 있으니, 궁지에 빠진
사람을 너무 막다른 지경에 몰아넣지 말라는 뜻이에요.

 **이렇게 사용해**

쥐도 도망갈 구멍을 보고 쫓는다는데, 엄마가 너무 혼을 내니 형이 대
들기 시작해서 엄마가 놀라셨다.

 **비슷한 말이 있어!**

'쥐도 도망갈 구멍이 있어야 산다'는 항상 만일을 생각하고 대비해야
나중에 안전하다는 뜻이에요.

아빠! 그래서 통일 신라 이후 어떻게 됐어요?

이번엔 후삼국 시대가 궁금하구나?

네!

통일 신라 말에는 나라가 혼란스러웠지.

후고구려

신라

후백제

고려를 세운 왕건은요?

원래 후고구려를 세운 궁예의 신하였지.

그런데 어떻게 고려를 세운 거예요?

짐이 곧 미륵이오~

왕건이 궁예를 쫓아내고 왕위에 올랐어.

후백제는요?

아들에게 내쫓긴 견훤은 왕건을 도와 후백제를 멸망시켰어. 쥐도 도망갈 구멍을 보고 쫓아야 했는데 말이야.

왕건

견훤

와~ 그런 일이 있었군요.

83

# 지성이면 감천

2-2 국어 11단원 실감나게 표현해요

 **무슨 뜻일까?**

정성이 지극하면 하늘도 감동한다는 뜻이에요. 무슨 일이든지 정성을 다하면 어려운 일도 해낼 수 있다는 말이지요.

 **이렇게 사용해**

지성이면 감천이라고, 엄마가 정성스럽게 끓여 주신 죽을 먹으니 감기가 뚝 떨어졌다.

 **비슷한 말이 있어!**

'돌도 십 년을 보고 있으면 구멍이 뚫린다'는 말은 무슨 일이든 중단하지 않고 꾸준히 정성 들여 하면 안되는 일이 없다는 말이에요.

그리하여 호랑이는 뜨거운 팥죽에
이빨 빠져 혼쭐이 나고,
할머니는 목숨을 구했대!

# 84 집에서 새는 바가지는 들에 가도 샌다

 **무슨 뜻일까?**

좋지 않은 본성은 어디에서든 드러난다는 말이에요.

 **이렇게 사용해**

어쩌다 보니 학교에서 휴대폰을 또 잃어버렸어요. 엄마는 한숨을 쉬며 말했어요. "집에서 새는 바가지는 들에 가도 샌다고 집에서나 학교에서나 덜렁대기는 똑같구나!"

 **비슷한 말이 있어!**

'호랑이는 세 살 먹은 어린애가 봐도 호랑인 줄 안다'는 모질고 독한 사람은 그 본성이 누구에게나 드러난다는 말이에요.

아드님은 잘 지내요?

기면증 진단을 받았어요.

원래 잠이 많아서 기면증이리라곤 생각도 못 했어요.

이 녀석이 또 자네?!

음냐 음냐

학교나 학원에서도 몰랐대요?

자꾸 존다기에 집에서 새는 바가지가 들에 가도 샌다고 잠이 많은 줄만 알았죠.

나라도 몰랐을 거예요.

그러니까요.

병원은 어떻게 간 거예요?

인터넷 강의를 듣는데 너무 졸려 해서….

그렇군요.

앞으로 지석이가 졸려 해도 혼내지 않으려고요.

# 85

# 찬물도
# 위아래가 있다

## 무슨 뜻일까?

무엇이든지 윗사람과 아랫사람의 순서가 있는 것처럼 찬물처럼 하찮은 것도 윗사람 먼저 권하고 공경해야 한다는 말이에요.

## 이렇게 사용해

찬물도 위아래가 있기에 버스 좌석을 할아버지께 양보해 드렸다.

## 비슷한 말이 있어!

'초라니탈에도 차례가 있다'는 말은 탈놀음에서 경망스럽게 까부는 초라니가 쓰는 기괴하게 생긴 탈같이 하찮은 일에도 순서가 다 있다는 말이에요.

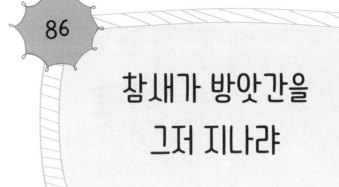

## 86 참새가 방앗간을 그저 지나랴

 **무슨 뜻일까?**

참새가 곡식이 많은 방앗간을 지나치지 못하는 것처럼 사람은 자기가 좋아하는 것을 그냥 지나치지 못한다는 말이에요.

 **이렇게 사용해**

찬수는 오늘도 학원 오는 길에 게임방에 들렀어요. **참새가 방앗간을 그저 지나겠어요?**

 **비슷한 말이 있어!**

'고양이 앞에 고기반찬'은 자기가 좋아하는 것이라 남이 손댈 겨를도 없이 먹어 버린다는 말이에요.

# 87

# 참을 인(忍) 자 셋이면
# 살인도 피한다

(동아출판) 3학년 미술 6단원 미술가와 작품 이야기
(동아출판) 4학년 미술 6단원 내가 만난 미술 작품

### 무슨 뜻일까?

어떤 경우에도 오랜 시간이라도 끝까지 참으면 무슨 일이든 해내지 못할
것이 없다는 말이에요.

### 이렇게 사용해

참을 인자 셋이면 살인도 피한다고 했어. 화가 많이 났겠지만 이번에
는 참고 넘어가자.

### 비슷한 말이 있어!

'한시를 참으면 백 날이 편하다'고 한 번 꾹 참으면 나중에 편하다는
말로, 크게 화가 났어도 당시에 참는 것이 격한 감정을 피할 수 있어 일을
그르치지 않는다는 말이에요.

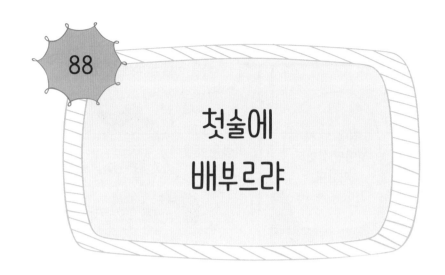

88

# 첫술에
# 배부르랴

 **무슨 뜻일까?**

무슨 일이든 처음부터 만족할 수는 없다는 뜻이에요.

 **이렇게 사용해**

**첫술에 배부를 수 없지.** 오늘 처음 농구 시합을 해 본 것이니까 이 정
도로 만족하자!

 **비슷한 말이 있어!**

'한술 밥에 배부르랴'도 무슨 일이든 한 번에 만족할 결과를 얻기 어렵
다는 말이에요.

이 정도면 잘 만든 거지.

너무 시시한데….

그래도….

원래 시작은 미약한 거야.

하긴 그렇지?

첫술에 배부르겠어? 애플도 작은 컴퓨터 회사에서 시작했대.

정말? 지금은 대단한 기업이잖아.

스타벅스도 원래 작은 가게였대.

하긴, 처음부터 크지 않았겠지.

맞아. 그 외에도 많은 회사들이 아주 작게 시작했어.

그러네. 나도 힘내야지.

파이팅!

89

# 친구 따라
# 강남 간다

(동아출판) 5학년 실과 4단원 생활 속 자원 관리
(미래엔) 5학년 실과 5단원 나의 생활 관리

 **무슨 뜻일까?**

자신은 별 생각 없었는데 친한 사람이 하는 대로 덩달아 하게 되는 경우
를 뜻해요.

 **이렇게 사용해**

<u>친구 따라 강남 간다</u>고 친구 따라 축제에 온 것인데, 상품은 내가 타가네.

 **비슷한 말이 있어!**

'숭어가 뛰니까 망둥이도 뛴다'는 남이 한다고 하니 분별없이 덩달아
나설 때 쓰는 말이에요.

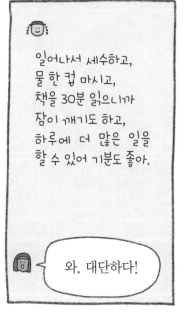

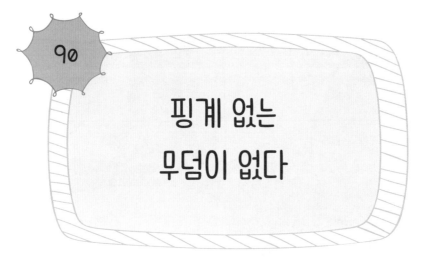

# 90

# 핑계 없는
# 무덤이 없다

6-1 국어 2단원 이야기를 간추려요

## 무슨 뜻일까?

아무리 큰 잘못을 저지른 사람도 핑계를 만들어 낼 수 있다는 말이에요.

## 이렇게 사용해

핑계 없는 무덤이 없다더니, 매일같이 지각하면서 매번 다른 핑계를 대는구나.

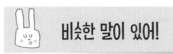

## 비슷한 말이 있어!

'콩밭에 소 풀어놓고도 할 말이 있다'는 남의 콩밭에 소를 풀어 전부 망쳐 놓고도 변명을 하는 것처럼, 잘못을 저지르고도 변명을 늘어놓을 때 쓰는 말이에요.

91

하나를 보고
열을 안다

1-2 국어 4단원 바른 자세로 말해요
6-1 국어 5단원 속담을 활용해요

 무슨 뜻일까?

일부만 보고 전체를 미루어 알 수 있다는 뜻이에요.

 이렇게 사용해

하나를 보고 열을 안다고, 동생이 공책 정리한 것만 보아도 학교에서
어떻게 공부하는지 알 수 있겠다니까요.

 비슷한 말이 있어!

'하나를 알면 백을 안다'는 말은 '하나를 보고 열을 안다'와 같이 일부
만 보고 전체를 미루어 안다는 말이기도 하고, '하나를 듣고 열을 안다'
와 같이 한마디 말을 듣고도 여러 가지 사실을 알아낼 정도로 매우 똑똑
하다는 뜻이기도 해요.

192

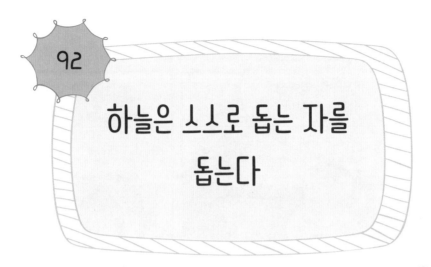

**92**

# 하늘은 스스로 돕는 자를 돕는다

3학년 도덕 2단원 인내하며 최선을 다하는 생활

### 무슨 뜻일까?

스스로 노력하는 사람은 하늘이 알고 도와 성공하게 하는 것처럼 어떤 일을 이루기 위해 꾸준히 노력하다 보면 좋은 일이 생긴다는 말이에요.

### 이렇게 사용해

이렇게 도움의 손길이 오다니, 하늘은 스스로 돕는 자를 돕는다더니 정말이네.

### 비슷한 말이 있어!

'호랑이 굴에 가야 호랑이 새끼를 잡는다'는 말은 원하는 일을 성공시키려면 도전해 봐야 이룰 수 있다는 뜻이에요.

194

이 기사 봤어?
로렌 언더우드 하원의원 이야기.

그게
누군데?

간호사였는데
지금은
정치인이 됐대.

선거 운동에
돈이 많이 들지 않나?

열심히 비용을
아끼며
인지도를 올렸대.

하늘은 스스로 돕는 자를
돕는다는 말이 정말이네.

맞아, 의지와 노력이
있었으니까.

다행히 운도 따라 주고.

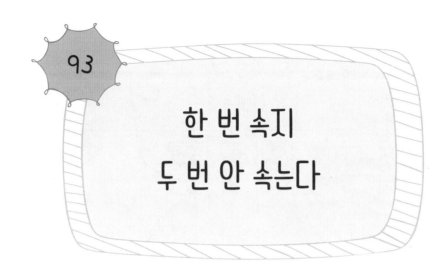

# 한 번 속지 두 번 안 속는다

 **무슨 뜻일까?**

처음에는 모르고 속을지 몰라도 두 번째에는 속지 않는다는 말이에요.

 **이렇게 사용해**

장난 그만 쳐! 한 번 속지 두 번 안 속아.

 **비슷한 말이 있어!**

'한 번 걷어챈 돌에 두 번 다시 채지 않는다'는 라는 말은 같은 실수를 두 번 거듭하지 않는다는 뜻이에요.

# 94

# 한 번 실수는
# 병가지상사(兵家之常事)

6-1 국어 2단원 이야기를 간추려요

 **무슨 뜻일까?**

전쟁을 할 때 한 번의 실수는 늘 있는 일이라는 뜻으로, 실패나 잘못은 항상 있을 수 있다는 말이에요.

 **이렇게 사용해**

좋아하는 친구 앞에서 크게 넘어져 창피했어요. 한 번 실수는 병가지상사니 어쩔 수 없지만 다음에는 절대 이런 창피한 일이 없을 거예요.

 **다른 말이 있어!**

'열 번 잘하고 한 번 실수를 하지 말아야 한다.'는 한 번 잘못하면 열 번 잘한 것도 아무 소용이 없으니 언제나 조심하라는 말이에요.

덕진이라는 여인을 찾아보거라.

예!

어흠, 술값이 얼마요?

한 잔에 두 푼이옵니다.

술값이 매우 싸군.

형편이 어려운 사람들도 먹을 수 있어야죠.

열 냥만 빌려줄 수 있소?

여기 있습니다.

아니, 돈을 갚지 않으면 어쩌려고?

어려워 보이시니 도와드리는 겁니다. 어떤 힘든 일인지 모르겠으나 한 번 실수는 병가지상사니, 나중에 여유가 생기면 갚으십시오.

맛있게 드세요.

매번 공짜로 먹어서 어쩌나…

저렇게 덕이 높다니, 많은 것을 베풀었겠구나….

아저씨 이 집 맛있어요?

# 95

# 한번 엎지른 물은
# 다시 주워 담지 못한다

5-1 국어 8단원 아는 것과 새롭게 안 것
5-2 과학 1단원 생물과 환경

 **무슨 뜻일까?**

일단 저지른 실수나 잘못은 회복하기 어렵다는 말이에요.

 **이렇게 사용해**

한번 엎지른 물은 다시 주워 담지 못 해. 그러니 행동하기 전에 잘 생각해서 신중하게 해야 돼.

 **비슷한 말이 있어!**

'쏘아 놓은 살이요 엎질러진 물이다'라는 말은 한 번 저지른 일은 다시 고치거나 중지하기 어렵다는 말이에요.

22. 생물 다양성의 날

생물 다양성의 날이 뭐예요?

다양한 생물들이 보전되기를 기리는 날이야.

그게 중요한 거예요?

먹이사슬이라고 들어 봤니?

여우가 멸종되면 토끼의 수가 늘어나고, 토끼가 늘면 풀이 모자라. 이처럼 한 동물이 사라지면 생태계 전체에 영향을 미친단다.

헉, 그렇군요!

한번 엎지른 물은 다시 주워 담지 못한다는 말처럼, 멸종된 생물을 복원하는 건 정말 어렵단다.

코끼리 상아, 가죽 사세요~

모피도 있습니다!

매머드처럼요?

그래, 옛날 도도새나 서부 검은코뿔소도 마찬가지야.

우리가 동물들을 잘 보호해 주자.

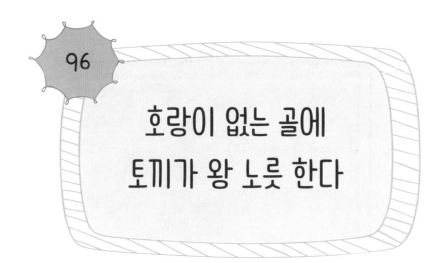

96

# 호랑이 없는 골에 토끼가 왕 노릇 한다

4학년 도덕 4단원 힘과 마음을 모아서

 **무슨 뜻일까?**

뛰어난 사람이 없는 곳에서 보잘것없는 사람이 큰 소리를 치며 세력이나 힘을 과시한다는 말이에요. 혹은 지도자가 자리를 비웠을 때, 엉뚱한 아랫사람이 나선다는 뜻이기도 해요.

 **이렇게 사용해**

**호랑이 없는 골에 토끼가 왕 노릇 한다**고, 반장이 결석하니 부반장 석진이가 으스댄다.

 **비슷한 말이 있어!**

'호랑이 없는 동산에 토끼가 선생 노릇 한다'는 말을 대신 쓸 수도 있어요.

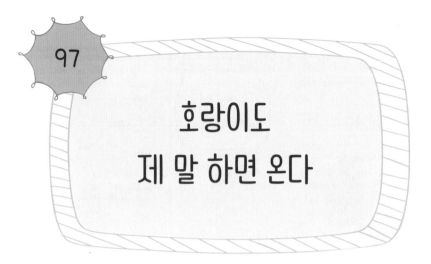

**97**

# 호랑이도
# 제 말 하면 온다

6-1 국어 5단원 속담을 활용해요

 **무슨 뜻일까?**

다른 사람에 관해 이야기하는데 공교롭게 그 사람이 나타났을 때 쓰는 말이에요.

 **이렇게 사용해**

동생이 자꾸 놀아달래서 힘들다고 이야기하는데, **호랑이도 제 말하면 온다**더니 동생이 우리 교실로 들어섰다.

 **비슷한 말이 있어!**

'까마귀 제 소리하면 온다'는 말은 자리에 없는 사람에 대해 이야기하는데 공교롭게 그 사람이 나타난다는 말이에요.

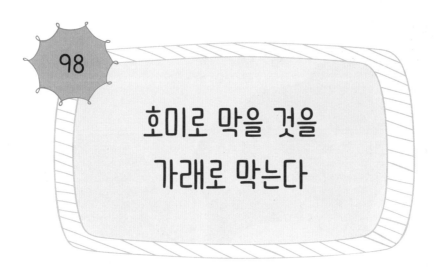

# 98

# 호미로 막을 것을 가래로 막는다

3학년 도덕 5단원 함께 지키는 행복한 세상

 **무슨 뜻일까?**

적은 힘으로 충분히 처리할 수 있는 일을 기회를 놓쳐 결국 큰 힘을 들이게 되는 경우를 뜻해요.

 **이렇게 사용해**

벽에 금이 갔을 때 수리했어야 했는데, 미뤘더니 **호미로 막을 것을 가래로 막는다**고 집이 무너지고 말았다.

 **비슷한 말이 있어!**

'새 잡아 잔치할 것을 소 잡아 잔치한다'는 어떤 일을 처음에 소홀히 하다가 나중에 큰 손해를 보게 된다는 말이에요.

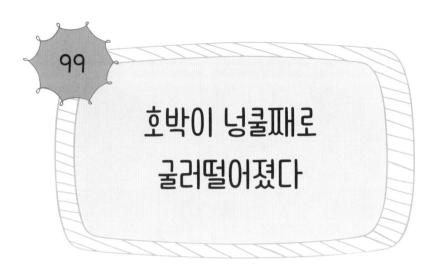

**99**

# 호박이 넝쿨째로 굴러떨어졌다

(동아출판) 3학년 미술 6단원 미술가와 작품 이야기
(동아출판) 4학년 미술 6단원 내가 만난 미술 작품

 **무슨 뜻일까?**

심지도 않은 호박이 어디선가 굴러들어온 것처럼, 뜻밖에 좋은 물건을 얻
거나 행운을 만났을 때 쓰는 말이에요.

 **이렇게 사용해**

이것 봐! 여기 보물찾기 쪽지가 여러 개 있어!
호박이 넝쿨째로 굴러떨어졌네!

 **비슷한 말이 있어!**

'굴러온 호박', '아닌 밤중에 찰시루떡'도 뜻밖에 행운을 만난 경우를
뜻하는 말이에요.

# 100

# 홍시 떨어지면 먹으려고 감나무 밑에 가서 입 벌리고 누웠다

## 무슨 뜻일까?

아무런 노력도 하지 않으면서 좋은 결과가 이루어지기만 바라는 상황을 뜻해요.

## 이렇게 사용해

홍시 떨어지면 먹으려고 감나무 밑에 가서 입 벌리고 눕는다고, 정작 책도 읽지 않으면서 어떻게 작가가 되겠니?

## 다른 말이 있어!

'옥도 갈아야 빛이 난다'는 고생을 겪으면서 노력해야 뜻한 것을 이룰 수 있다는 말이에요.

공연 예매 실패했어.

그 공연 인기 엄청 많다더라.

다들 특별한 예매 요령이 있나?

너는 어떻게 했는데 못했어?

컴퓨터 켜고 딱 준비했지!

그러고?

시간 되자마자 접속했는데, 이미 대기 인원이 엄청나던걸?

대기 순서
15,832번

으이구, 홍시 떨어지면 먹으려고 감나무 밑에 가서 입 벌리고 누운 거나 마찬가지지.

다른 방법이 있어?

컴퓨터랑 휴대폰, 엄마 아빠 휴대폰도 총동원해야지!

헉, 그렇게나 준비해야 하는 거야?

찾아보기

**1학년 2학기**

새벽 봉창 두들긴다 • 122

하나를 보고 배를 안다 • 192

**2학년 1학기**

남의 손의 떡은 커 보인다 • 64

**2학년 2학기**

지성이면 감천 • 176

**3학년 1학기**

밑 빠진 독에 물 붓기 • 104

바람 앞의 등불 • 110

손톱 밑의 가시 • 132

씨를 뿌리면

거두게 마련이다 • 136

참을 인(忍) 자 셋이면

살인도 피한다 • 184

하늘은 스스로

돕는 자를 돕는다 • 194

호미로 막을 것을

가래로 막는다 • 206

호박이 넝쿨째로

굴러떨어졌다 • 208

**3학년 2학기**

가랑잎이 솔잎더러

바스락거린다고 한다 • 12

날 잡아 잡수 한다 • 62

밑 빠진 독에 물 붓기 • 104

바람 앞의 등불 • 110

손톱 밑의 가시 • 132

씨를 뿌리면 거두게

마련이다 • 136

참을 인(忍) 자 셋이면

살인도 피한다 • 184

하늘은 스스로

돕는 자를 돕는다 • 194

호미로 막을 것을

가래로 막는다 • 206

호박이 넝쿨째로

굴러떨어졌다 • 208


**4학년 1학기**

두 손뼉이 맞아야 소리가 난다 • 78

말은 청산유수다 • 88

섶을 지고 불로

들어가려 한다 • 124

참을 인(忍) 자 셋이면

살인도 피한다 • 184

호랑이 없는 골에

여우가 왕 노릇 한다 • 194

호박이 넝쿨째로

굴러떨어졌다 • 208


**4학년 2학기**

구관이 명관이다 • 38

꿈보다 해몽이 좋다 • 54

두 손뼉이 맞아야 소리가 난다 • 78

참을 인(忍) 자 셋이면

살인도 피한다 • 184

호랑이 없는 골에

여우가 왕 노릇 한다 • 194

호박이 넝쿨째로

굴러떨어졌다 • 208


**5학년 1학기**

가재는 게 편이요,

초록은 동색이라 • 18

개똥도 약에 쓰려면 없다 • 22

개밥에 도토리 • 26

걷기도 전에 뛰려고 한다 • 30

고기도 먹어 본 사람이
많이 먹는다 • 32

내 손에 장을 지지겠다 • 66

듣기 좋은 꽃노래도
한두 번이지 • 82

보기 좋은 떡이 먹기도 좋다 • 116

불난 집에 부채질한다 • 118

소 닭 보듯 • 126

윗물이 맑아야
아랫물이 맑다 • 154

이기는 것이 지는 것 • 156

제 버릇 개 줄까 • 166

친구 따라 강남 간다 • 188

한번 엎지른 물은
다시 주워 담지 못한다 • 200


5학년 2학기

개똥도 약에 쓰려면 없다 • 22

개밥에 도토리 • 26

고기도 먹어 본 사람이
많이 먹는다 • 32

고양이한테 생선을 맡기다 • 34

내 손에 장을 지지겠다 • 66

듣기 좋은 꽃노래도
한두 번이지 • 82

보기 좋은 떡이 먹기도 좋다 • 116

소 닭 보듯 • 126

윗물이 맑아야
아랫물이 맑다 • 154

이기는 것이 지는 것 • 156

제 버릇 개 줄까 • 166

쥐도 도망갈 구석을
보고 쫓는다 • 174

친구 따라 강남 간다 • 188

한번 엎지른 물은
다시 주워 담지 못한다 • 200


6학년 1학기

가루는 칠수록 고와지고
말은 할수록 거칠어진다 • 14

같은 값이면 다홍치마 • 20

개천에서 용 난다 • 28

까마귀 고기를 먹었나 • 50

나 먹기는 싫어도
남 주기는 아깝다 • 60

모난 돌이 정 맞는다 • 94

배보다 배꼽이 더 크다 • 112

우물을 파도 한 우물을 파라 • 150

입은 비뚤어져도 말은

바로 해라 • 158

재주는 곰이 넘고

돈은 주인이 받는다 • 162

적을 알고 나를 알면

백 번 싸워 백 번 이긴다 • 164

중이 절 보기 싫으면

떠나야지 • 170

핑계 없는 무덤이 없다 • 190

하나를 보고 배를 안다 • 192

한 번 실수는

병가지상사(兵家之常事) • 194

호랑이도 제 말 하면 온다 • 204

6학년 2학기

굴러온 돌이 박힌 돌 뺀다 • 42

나 먹기는 싫어도

남 주기는 아깝다 • 60

재주는 곰이 넘고

돈은 주인이 받는다 • 162

적을 알고 나를 알면

백 번 싸워 백 번 이긴다 • 164

중이 절 보기 싫으면

떠나야지 • 170

**문해력 점프 2**

이해력이 쑥쑥
교과서
속담
100

초판 1쇄 인쇄  2024년 1월 8일
초판 1쇄 발행  2024년 1월 12일

글쓴이  이지연
그린이  젤리이모
펴낸이  김옥희
펴낸곳  아주좋은날
편집  이지수
마케팅  양창우, 김혜경

출판등록  2004년 8월 5일 제16-3393호
주소  서울시 강남구 테헤란로 201, 501호
전화  (02) 557-2031
팩스  (02) 557-2032
홈페이지  www.appletreetales.com
블로그  http://blog.naver.com/appletales
페이스북  https://www.facebook.com/appletales
트위터  https://twitter.com/appletales1
인스타그램  @appletreetales
          @애플트리태일즈

ISBN 979-11-92058-32-0  (64810)
ISBN 979-11-92058-29-0  (세트)

아주좋은날 은 애플트리태일즈의 실용·아동 전문 브랜드입니다.

┌─ **어린이제품 안전특별법에 의한 기타 표시사항** ─┐
**품명** : 도서 | **제조 연월** : 2024년 1월 | **제조자명** : 애플트리태일즈 | **제조국** : 대한민국
**사용연령** : 8세 이상 | **주소** : 서울시 강남구 테헤란로 201, 5층(02-557-2031)
└──────────────────────────┘